*Chères lectrices,*

Pour fêter l'arrivée de l'été et des vacances, je vous propose de découvrir ce mois-ci une passionnante saga signée Sandra Marton : les O'Connell. Dans cette grande fresque familiale en six volets que vous pourrez suivre jusqu'au mois de décembre, vous allez faire la connaissance du clan O'Connell — une riche et puissante famille d'origine irlandaise, dont le succès en affaires va de pair avec une vie sentimentale aussi tumultueuse que passionnée !

Dans « Le feu de la passion », publié ce mois-ci, vous découvrirez l'histoire de Keir O'Connell, l'aîné de cette fratrie de six, qui après avoir dirigé un luxueux complexe hôtelier à Las Vegas décide de racheter un magnifique domaine dans le Connecticut pour y lancer un établissement de très grand prestige. Pour Keir, il s'agit d'une excellente occasion de quitter Las Vegas… et d'oublier la jeune femme aux yeux d'émeraude qui lui a fait tourner la tête avant de l'éconduire. Mais alors que Keir, absorbé par le lancement de son entreprise, recrute sa nouvelle équipe, voilà qu'une candidate envoyée par une agence de recrutement se présente au domaine du Cerf. Une jeune femme aux yeux verts qui, hélas, n'a rien d'une inconnue pour Keir…

Pour en savoir plus, plongez-vous sans attendre dans le premier volet de cette captivante saga… sans oublier, bien sûr, les autres romans Azur de ce mois-ci !

Excellente lecture, et bonnes vacances à celles qui partent !

*de collection*

A partir du 1<sup>er</sup> juillet,

Découvrez la passionnante
saga de Sandra Marton

Saga des
*O'Connell*

Ce mois-ci, faites la connaissance de la famille
O'Connell – six frères et sœurs d'origine
irlandaise dont le succès en affaires va de pair
avec une vie sentimentale aussi intense que
passionnée !

Retrouvez chaque mois cette grande fresque
familiale.

La saga des O'Connell
Un roman inédit chaque mois
du 1<sup>er</sup> juillet au 1<sup>er</sup> décembre.

# Piège amoureux

LIZ FIELDING

# Piège amoureux

COLLECTION AZUR

*éditions* **Harlequin**

Si vous achetez ce livre privé de tout ou partie de sa couverture,
nous vous signalons qu'il est en vente irrégulière. Il est
considéré comme « invendu » et l'éditeur comme l'auteur
n'ont reçu aucun paiement pour ce livre « détérioré ».

Cet ouvrage a été publié en langue anglaise
sous le titre :
A WIFE ON PAPER

HARLEQUIN®

est une marque déposée du Groupe Harlequin
et Azur ® est une marque déposée d'Harlequin S.A.

Toute représentation ou reproduction, par quelque procédé que ce soit, constituerait
une contrefaçon sanctionnée par les articles 425 et suivants du Code pénal.
© 2004, Liz Fielding. © 2005, Traduction française : Harlequin S.A.
83-85, boulevard Vincent-Auriol, 75013 PARIS — Tél. : 01 42 16 63 63
Service Lectrices — Tél. : 01 45 82 47 47
ISBN 2-280-20407-X — ISSN 0993-4448

# 1.

Le restaurant était comble, bruyant, de ce style « m'as-tu vu » qu'il détestait. De plus, son frère était en retard, et Guy commençait à regretter d'être venu. Un courant d'air froid provoqué par la porte d'entrée lui donna l'espoir que cette attente allait enfin s'achever. Mais quand il se retourna, il ne vit qu'une jeune femme qui se pressait d'entrer pour échapper à la pluie.

Elle s'immobilisa un court instant sur le seuil. Sa silhouette, vivement éclairée par les lumières du bar, se détacha brusquement de l'écran noir de la nuit.

Le temps s'arrêta. Guy ne vit plus rien autour de lui. Il lui sembla qu'il aurait pu compter chacune des gouttes de pluie qui scintillaient dans ses cheveux dorés.

Des cheveux ébouriffés, comme malmenés par le vent qu'elle semblait avoir fait entrer avec elle dans le restaurant. Toutes les têtes se tournèrent vers elle. Peut-être à cause de cette bouffée d'air frais qu'elle avait fait entrer avec elle. Peut-être parce qu'elle riait, comme si courir sous la pluie l'avait amusée.

Elle leva les bras pour se recoiffer de ses doigts, et sa robe remonta, découvrant une bonne moitié de sa cuisse. Quand elle abaissa les bras, la robe redescendit, mais l'encolure suivit le même mouvement, offrant un bref aperçu de ce que l'étoffe moulante suggérait de façon si charmante.

Rien en elle n'était plat ; tout semblait inviter ouvertement des mains à dessiner les pleins et les déliés de son corps, à en caresser les courbes. Elle n'était pas belle à proprement parler. Le nez manquait de perfection. La bouche était trop grande, mais ses yeux pétillaient comme si une flamme les éclairait de l'intérieur, et cette lumière qu'elle dégageait éclipsait toute autre femme alentour.

Guy sentit son corps tout entier frémir, et son cœur s'emballa ; mais sa réaction lui sembla dépasser la simple excitation que devaient ressentir la plupart des hommes en la voyant.

Soudain elle l'aperçut. Leurs regards se rivèrent l'un à l'autre et, l'espace d'une seconde, son rire se figea sur ses lèvres.

Puis Steven entra et referma la porte, glissant un bras autour de la taille de la jeune femme pour l'attirer près de lui.

Une fureur violente s'empara de Guy. Il aurait voulu empoigner son frère, l'écarter, lui demander de quel droit il agissait ainsi. Mais c'eût été absurde. Steve ne faisait rien d'autre que dire à la face du monde : « Cette femme m'appartient. » Et, comme si le geste ne suffisait pas, il déclara avec un grand sourire :

— Guy, je suis content que tu aies pu venir. Je voulais absolument te présenter Francesca. Elle vient habiter avec moi. Nous allons avoir un bébé…

— Monsieur Dymoke… Monsieur Dymoke…

La sensation d'une main sur son épaule le fit sursauter. Il ouvrit les yeux et vit l'hôtesse qui lui souriait.

— Nous allons atterrir, monsieur Dymoke.

Il passa une main sur son visage, comme pour mieux conjurer les images évanescentes d'un rêve qui, même trois ans après, continuait de le hanter.

Il redressa le dossier de son siège, boucla sa ceinture et consulta sa montre.

Il allait arriver juste à temps.

Guy Dymoke fut la première personne qu'elle vit en descendant de voiture. Cela ne la surprit guère. Il était le genre d'homme que l'on remarquait dans une foule. Grand, athlétique, le teint hâlé, d'épais cheveux bruns où jouait le soleil, il faisait paraître falots tous les autres autour de lui.

Cela avait même quelque chose de fascinant. Elle le constata sur l'effet qu'il produisait sur son entourage. Elle-même dut faire un effort pour détacher son regard de lui.

Elle ne fut pas davantage étonnée qu'en dépit de ses occupations, il ait pris le temps de venir assister aux funérailles de son demi-frère.

Car il était très scrupuleux sur les règles de la bienséance. Il n'avait guère apprécié que Steven et elle aient décidé de ne pas se marier, ainsi qu'il eût été convenable dans leur *situation*. Et il le leur avait bien fait comprendre en disparaissant de leur vie.

Non, ce qui la surprenait vraiment, c'était qu'il ait eu le toupet de réapparaître après les avoir laissés pendant trois années sans la moindre nouvelle. Cela ne l'avait certes pas dérangée, elle, mais Steven en avait été très affecté.

Quand elle passa devant lui, enfermée dans sa souffrance, sans un regard ni à gauche ni à droite, il prononça son nom, tout doucement.

— Francesca…

Doucement. Presque tendrement. L'étau qui lui comprimait la gorge se resserra. Le masque manqua alors se craqueler… Elle savait que si elle se laissait aller, elle ne parviendrait jamais à traverser cette épreuve.

La colère vint à son secours. Une colère fulgurante comme l'éclair.

Comment osait-il se présenter ici, aujourd'hui ? Comment osait-il simuler de la compassion alors qu'il n'avait même pas pris la peine de téléphoner du vivant de Steven ?

Espérait-il qu'elle allait s'arrêter ? Qu'elle allait écouter le discours convenu de ses condoléances ? Qu'elle le laisserait la prendre par le bras et s'asseoir près d'elle dans l'église ?

Juste pour ménager les apparences ?

— Hypocrite, siffla-t-elle entre ses dents sans le regarder.


Elle avait l'air si fragile. Totalement méconnaissable par rapport à la jeune femme pleine de vie qui avait bouleversé son existence d'un seul regard, il y a trois ans.

Le pâle soleil d'octobre soulignait la blondeur de ses cheveux et la transparence de sa peau tandis que, sur le parvis de l'église, elle serrait la main à tous ceux venus présenter leurs condoléances, calme, imperturbable, froide, apparemment maîtresse de ses émotions. Le seul moment où elle lui avait paru ressentir une émotion quelconque avait été quand il avait prononcé son nom et que ses joues s'étaient empourprées dans une brève réaction de colère. Tout le reste n'était qu'un personnage qu'elle jouait, pensa-t-il, une comédie de circonstance pour l'aider à endurer ce cauchemar.

Un rien, et elle se brisait…

Il demeura en retrait, attendant que les autres soient partis pour s'approcher. Elle savait qu'il était là, mais il lui avait laissé la possibilité de s'éloigner et de l'ignorer. Elle attendit cependant qu'il vienne la voir. Peut-être espérait-elle des explications ? Mais que pourrait-il dire ?

Il n'y avait rien à dire. Les mots pour exprimer ce qu'il ressentait n'existaient pas. L'affliction, la douleur, le regret que la dernière fois qu'il ait vu Steve, cela se soit si mal passé. Cela avait été intentionnel, évidemment. Une ruse de son frère pour le mettre en colère. Et il avait mordu à l'hameçon, comme un idiot…

Et ni l'un ni l'autre n'en étaient ressortis grandis.

Mais elle, elle avait perdu l'homme qu'elle aimait. Le père de son enfant. Ce devait être bien pire…

Il s'avança vers elle.

— Je suis désolé, je n'ai pas pu arriver plus tôt, Francesca.

— Dix jours ! C'était bien assez pour venir de n'importe où, non ?

Il aurait voulu lui demander pourquoi elle avait attendu si longtemps avant de le prévenir. Trop longtemps.

— J'aurais aimé pouvoir te soulager du fardeau que représente tout cela.

Sa propre voix lui fit l'effet d'appartenir à un autre. A quelqu'un de froid, de distant…

— Oh, je t'en prie. Ne t'excuse pas. Ta secrétaire a téléphoné pour proposer de l'aide — le notaire de Steven avait dû appeler ton bureau, je suppose. Mais un enterrement, c'est une affaire de famille. Cela ne regarde pas les *étrangers*.

Il ne releva pas les propos acides de la jeune femme. Il songeait aux mois qui s'étaient écoulés, ces longs mois pendant lesquels Steve luttait contre la maladie, alors que lui-même se trouvait à l'autre bout du monde, sans se douter de la tragédie qui allait bientôt les frapper tous. Quand il avait reçu le message l'informant que les jours de son frère étaient comptés, il était déjà trop tard.

— Il m'a fallu des jours pour parvenir à un aérodrome d'où je pourrais m'envoler, dit-il simplement. J'arrive tout droit de l'aéroport.

— Tu n'aurais pas dû prendre cette peine. Nous nous sommes très bien débrouillés sans toi pendant ces trois ans.

Chacune de ses paroles le transperça d'un coup de poignard dans le cœur. Mais ce n'était pas cela qui importait.

A cet instant précis, son unique préoccupation, c'était elle. Il aurait voulu lui dire que durant ces trois ans, elle avait été son unique préoccupation. Mais ses propos auraient été déplacés.

— Penses-tu que tout va bien se passer pour toi ? demanda-t-il d'un ton froid.

— *Bien se passer* ? répéta-t-elle, en détachant chaque mot. Comment cela pourrait-il « bien se passer » ? Steven est mort. Le père de Toby est mort !

— Financièrement, répliqua-t-il vivement, bien qu'il fût conscient d'aggraver encore la situation.

Elle le toisa, dédaigneuse.

— J'aurais dû me douter que tu ne te soucierais que des détails pratiques. Ce ne sont pas les sentiments qui importent, pour toi, n'est-ce pas, Guy ? Ce sont les apparences.

— Il faut bien évoquer les détails pratiques, Francesca.

Les belles paroles ! s'en voulut-il aussitôt. Il aurait dû l'entourer de ses bras, la réconforter ! Mais comme cela lui était refusé, il s'exprimait à la manière d'un notaire !

— Ecoute, Guy, ne te préoccupe pas de nous, veux-tu. Tout va bien *se passer* pour moi. La maison, l'assurance-vie… C'est bien ce que tu avais à l'esprit, n'est-ce pas ?

Là-dessus, elle tourna les talons et se dirigea vers la limousine qui attendait. Le chauffeur lui ouvrit la portière, mais elle ne monta pas ; elle resta un instant immobile, tête baissée, comme si elle cherchait à rassembler son courage pour affronter l'épreuve à venir. Puis, après quelques secondes, elle se redressa, se retourna vers lui et, avec un haussement d'épaules, déclara :

— Il y a une petite collation de prévue à la maison. Je crois que tu devrais venir. Pour les apparences.

Ensuite, elle s'engouffra dans la voiture.

Il n'eut pas la présomption de penser qu'elle était dans de meilleures dispositions à son égard ; cependant, il abandonna sur-le-champ la voiture qu'il avait louée à l'aéroport.

— Merci, dit-il en montant.

— Inutile de me remercier. C'était ton frère.

12

Et elle se glissa à l'autre extrémité de la banquette afin de mettre la plus grande distance possible entre eux.

— Je regrette de n'avoir pas été là, dit-il au bout de quelques instants, comme s'il se sentait obligé de se justifier.

Mais cela lui valut un nouveau regard à lui glacer le cœur.

— Tu dis cela simplement parce que tu te sens coupable. Si tu avais eu un peu d'affection pour ton frère, tu ne serais pas resté tout ce temps sans venir. Pourquoi as-tu fait cela ?

Elle le défia du regard de longues secondes durant. Puis, dans la pénombre de la limousine, il crut voir rosir brièvement ses joues avant qu'elle ne baisse les yeux, dans un imperceptible haussement d'épaules.

— Son cancer a été virulent, tu sais. Personne ne s'attendait à une évolution si rapide, murmura-t-elle. Je lui ai demandé s'il voulait que je te fasse venir, mais il a dit qu'il avait amplement le temps.

Un élan instinctif le porta vers elle pour la réconforter, mais le regard qu'elle lui lança l'en dissuada, lui vrillant le cœur une nouvelle fois.

Il prit soudain conscience que tout ce qu'il pourrait dire ou faire pour la réconforter ne contribuerait qu'à nourrir sa rancœur qu'il soit vivant, lui, alors que l'homme qu'elle aimait était mort. Et manifestement, elle ne le croyait pas capable d'éprouver d'autre sentiment que de la culpabilité.

— Il était tellement sûr que tu viendrais, reprit-elle.

— Je ne suis pas clairvoyant.

— Non. Simplement égoïste.

Il refoula le désir de riposter. Elle avait besoin de s'en prendre à quelqu'un et il était la cible idéale. S'il ne pouvait rien faire d'autre pour elle, pourquoi pas après tout ?

Comme il ne disait rien, elle détourna la tête et regarda par la vitre défiler les rues de la ville, comme si tout valait mieux que le regarder, *lui*. A peine laissa-t-elle échapper un léger soupir lorsque la voiture s'engagea dans la rue cossue, avec ses grandes maisons blanches décorées de stuc, où Steve et elle avaient élu domicile.

La limousine s'arrêta le long du trottoir et il descendit, hésitant à lui offrir sa main, certain qu'elle la refuserait. Mais lorsqu'elle posa le pied à son tour sur le trottoir, ses jambes vacillèrent une ou deux secondes, et ni l'un ni l'autre n'eurent vraiment le choix : il la rattrapa par un bras et elle le laissa faire. Comme elle était fragile… légère…

— Ne t'embarrasse pas avec cette épreuve, proposa-t-il brusquement. Je peux m'en charger si tu veux.

Peut-être, s'il s'était agi de quelqu'un d'autre, aurait-elle accepté de se délester de ses responsabilités qui l'angoissaient déjà. Elle se serait reposée sur lui, l'aurait laissé assumer. Mais elle se reprit et repoussa le bras qui la soutenait.

— Steven a bien su se débrouiller sans toi ; j'en suis capable moi aussi.

Là-dessus, elle gravit rapidement le perron pour rejoindre tous ceux qui s'étaient rassemblés dans la maison.

Francesca s'arrêta à l'entrée du salon pour prendre une profonde inspiration. Elle ne s'était jamais sentie si seule de sa vie et ne put s'empêcher de regarder derrière elle. Guy enlevait son pardessus. Leurs yeux se rencontrèrent, et elle devina qu'il était malheureux. Elle avait voulu lui faire du mal, le punir de n'être jamais venu. Un bref instant elle ressentit un sentiment de culpabilité et voulut s'excuser, mais quelqu'un prononça son nom, la prit par les épaules, et elle se plia au rituel de ces démonstrations d'affection de quasi-étrangers, venus lui prodiguer des paroles de réconfort.

Mais les doigts de Guy avaient laissé comme une empreinte brûlante sur sa peau, et elle se frotta le bras, s'obligeant à se concentrer. Elle n'était pas seule touchée par le drame. Il y avait là d'autres personnes qui attendaient des garanties quant à leur emploi. Depuis quelques mois, elle s'en était remise au personnel dans ce domaine. Maintenant, elle allait devoir reprendre les rênes, décider de nouvelles orientations.

Mais pas aujourd'hui.

Aujourd'hui, elle devait veiller à ce que les funérailles de Steven se déroulent dans les règles. S'assurer que chacun ait quelque chose à boire, à manger. Laisser ses amis évoquer son souvenir.

Et éviter Guy Dymoke.

— Fran ?

Une voix derrière elle la ramena brusquement à l'instant présent.

— Tout s'est bien passé, Fran ?

Francesca adressa à sa cousine un sourire qui se voulait rassurant.

— Oui. Le service était très bien. Merci, Matty.

— Tu aurais dû me laisser t'accompagner.

— Non. J'avais besoin de savoir Toby avec quelqu'un qu'il aime ; et je ne voulais pas que Connie soit dérangée pendant qu'elle préparait les sandwichs. Au fait, où est Toby ? s'enquit-elle, une note de panique dans la voix.

— Il était un peu grincheux et Connie l'a emmené faire une petite sieste. Avec un peu de chance, il devrait dormir jusqu'à ce que tout le monde soit parti.

— Je l'espère.

Encore une heure et ce serait terminé, pensa-t-elle avec soulagement. Juste une petite heure. Elle tiendrait jusque-là. Il y a si longtemps qu'elle se maîtrisait qu'elle pouvait bien endurer une heure de plus. Il ne fallait pas craquer. Pas maintenant. Pas en présence de Guy Dymoke.


Mêlé aux invités, Guy regardait la jeune femme jouer le rôle de celle qui réconfortait, prenant ici la main d'une frêle jeune femme

15

dans un fauteuil roulant pour échanger avec elle quelques mots, étreignant là quelques personnes, écoutant leurs condoléances. C'était une hôtesse parfaite, attentive à ce que chacun ait quelque chose à manger et à boire, et tout cela en s'arrangeant pour rester loin de lui. Comme si un sixième sens l'avertissait dès qu'il se rapprochait trop.

Il décida de ne pas la contrarier et rechercha de son côté la compagnie d'amis de son frère dont il se souvenait. Il se présenta à ceux qu'il ne connaissait pas. Il s'enquit auprès de Tom Palmer, le notaire de la famille, de ce qui était convenu pour la lecture du testament. En tant qu'exécuteur, il devait être présent, que cela plaise ou non à Francesca. Mais surtout, il voulait être certain que tout allait bien se passer pour la jeune femme et son fils.

— Vous ne mangez pas ?

Il se retourna et se trouva face à la jeune femme en fauteuil roulant qui lui présentait une assiette avec des sandwichs.

— Merci, mais je n'ai pas faim.

— Ce n'est pas une excuse. Manger et boire font partie du rituel, répliqua-t-elle d'un ton très sérieux mais où perçait néanmoins une note d'humour. C'est la réaction naturelle de l'homme face à l'évidence qu'il est lui-même mortel. Il montre ainsi que la vie continue. On mange, on boit, on se réjouit que ce soit un autre qui soit passé sous les roues de la voiture… pour parler par métaphore.

— En ce qui me concerne, je crois que cela aurait causé nettement moins d'émotion dans mon entourage si c'était moi qui étais passé sous les roues de la voiture… pour reprendre votre métaphore.

— Vraiment ? répondit-elle, une lueur d'intérêt dans le regard. Alors, tu dois être Guy, le grand frère riche, qui, lui, a réussi, et dont personne ne parle jamais. Tu ne ressembles pas à Steven, ajouta-t-elle sans attendre de confirmation.

— Nous sommes demi-frères. Même père, et mères différentes. Steve ressemblait à sa mère.

16

— Je me présente, Matty Lang, la cousine de Francesca. Pourquoi ne nous sommes-nous jamais rencontrés ? Peux-tu m'expliquer ce mystère ?

— Cela n'a rien de mystérieux. Je suis géologue. Je passe beaucoup de temps à l'étranger, dans des pays lointains.

Puis, comme il ne tenait pas à expliquer pourquoi il ne rendait pas visite à sa famille quand il venait à Londres, il poursuivit :

— Francesca doit être contente de t'avoir ici. Ses parents vivent à l'étranger, je crois.

— Oui. Dans des hémisphères différents pour éviter les conflits. Comme d'autres, eux aussi sont trop occupés pour perdre du temps à un enterrement qui ne leur rapportera rien dans aucun domaine. C'est quelque chose que Fran et Steven avaient en commun, semble-t-il.

— Je m'étonne que la mère de Steven ne soit pas là.

Actrice de série B qui avait à son actif une demi-douzaine de maris et bien plus d'amants depuis que son père avait déboursé une fortune pour se débarrasser d'elle, la mère de Steven n'avait jamais eu la fibre maternelle.

— Elle a envoyé des fleurs et ses excuses. Apparemment, elle tourne quelque mini-série de bas étage au Maroc. Elle était sûre que Fran comprendrait. Peut-être me trouveras-tu cynique, mais vu que Fancesca aurait la vedette, elle aura pensé que ce serait mauvais pour sa propre notoriété d'admettre qu'elle avait un fils suffisamment âgé pour qu'elle ait pu être grand-mère.

— Pas bon pour l'image, en effet, reconnut-il en souriant. Elle n'a jamais été faite pour être grand-mère. Ni mère, du reste.

Chaque fois que Steve avait des problèmes et qu'il le tirait d'affaire, jurant que c'était la dernière fois, il lui revenait invariablement à la mémoire le souvenir de sa belle-mère, invectivant son père, furieuse d'avoir dû renoncer à quelque rôle dans un film parce qu'elle était enceinte. Puis il se rappelait Steven, pleurant toutes les larmes de son corps le jour où il avait enfin compris que sa mère ne reviendrait pas.

Et lui, valait-il mieux ? N'avait-il pas abandonné son frère, lui aussi ?

— Je suis content que Francesca ait pu compter sur toi aujourd'hui pour la réconforter un peu, reprit-il, en essayant de chasser le malaise qui l'avait envahi.

— Elle était là pour me soutenir quand j'ai failli mourir dans cet accident. Pas sous les roues d'une voiture, en l'occurrence. J'étais au volant, il y avait du verglas…

Les quelques mots de compassion qu'il allait prononcer moururent au bord de ses lèvres, car elle enchaîna aussitôt :

— De toute façon, comme j'habite au sous-sol, cela ne m'a pas été très difficile de venir.

— Au sous-sol ? s'étonna-t-il.

— Ce n'est pas si désagréable que l'on pourrait croire, tu sais. Le logement n'est situé que partiellement en sous-sol. Comme le terrain est en pente, j'ai le salon et mon atelier au niveau du sol, un accès direct au jardin ainsi qu'au garage et à ma voiture. Je ne peux plus marcher mais je conduis toujours.

— Je connais bien la maison, dit-il, bien que l'existence d'un atelier l'intriguât. Ma grand-mère maternelle y vivait autrefois, expliqua-t-il devant sa surprise. Et nous y avons habité de nombreuses années, Steven et moi.

— Ah bon ? J'ignorais qu'il s'agissait d'une maison de famille. Je croyais que Steven…

Elle s'interrompit, jugeant manifestement que le sujet ne la regardait pas, puis reprit :

— Ce que je voulais dire, c'est que j'ai mon petit « chez moi ». Le logement dispose d'une entrée indépendante, et nous ne nous gênons pas. Fran avait réussi à convaincre Steven que c'était une bonne idée d'aménager le sous-sol. Qu'en y faisant un appartement

18

pour petite grand-mère invalide, cela donnerait une plus-value pour la maison.

— Elle a eu parfaitement raison.

— Bien entendu, j'ai financé les travaux d'aménagement.

— Bien entendu.

— Vous ne voulez pas vous laisser tenter par les petits sandwichs-surprise de Connie, vraiment ?

— Qui est Connie ?

— Un autre des canards boiteux de Fran. Connie ne maîtrise pas très bien l'anglais. Elle ne fait pas encore bien la différence non plus entre la sauce tomate et la confiture de fraise, si bien que sa cuisine est un peu hasardeuse parfois. D'où les sandwichs-surprise.

— Dans ce cas, non merci. Sans façon.

Matty sourit. Puis elle regarda la foule des invités.

— Mon Dieu, j'en vois là qui ont l'air d'avoir pris racine. Je vais faire un petit tour dans le secteur. Il n'y a rien de tel qu'un fauteuil roulant pour mettre les gens mal à l'aise, et leur rappeler qu'ils aimeraient mieux être ailleurs. Je crois que Fran doit commencer à en avoir assez.

Pendant un moment, tous deux l'observèrent. Elle avait un sourire figé et le regard éteint par la fatigue et l'effort qu'elle devait déployer pour écouter ses interlocuteurs, deux hommes qui semblaient l'avoir acculée dans un coin.

— J'ai l'impression qu'elle a besoin d'aide, fit remarquer Guy. Qui sont ces gens ? Ils ne voient donc pas qu'elle est à bout ?

— Je n'en ai aucune idée. Sans doute des relations d'affaires de Steven. Je pense que les choses ont été un peu négligées dans ce domaine depuis quelques mois.

— Je le pense aussi, marmonna-t-il.

Et il se dirigea vers le petit groupe, furieux contre Steven, furieux contre lui-même, mais surtout furieux contre ces deux types qui importunaient Francesca dans de telles circonstances.

Sans doute refuserait-elle son aide mais tant pis, il ne lui laisserait pas le choix.

— Nous ne nous connaissons pas, je crois, commença-t-il en tendant la main à l'un des hommes. Guy Dymoke, le frère de Steven. Vous êtes de ses amis ?

— Nous sommes des relations d'affaires.

Ils se présentèrent et commencèrent à se lancer dans le détail de leurs liens exacts avec son frère, mais il leur coupa la parole.

— C'est très gentil à vous d'avoir pris sur votre temps pour venir.

— Merci, mais je demandais juste à Mlle Lang…

— Le moment est mal choisi, vraiment. Vous n'avez qu'à m'appeler plutôt, suggéra-t-il, glissant sa carte à l'homme et espérant que Francesca en profiterait pour s'échapper.

Mais la jeune femme était littéralement rivée sur place.

— Comme je le disais à l'instant à Mlle Lang, poursuivit l'homme, têtu, c'est une question urgente, et personne au bureau ne semble être au courant de…

Mais l'homme s'interrompit et poussa un petit cri. Matty venait de le heurter avec son fauteuil roulant.

— Oh, excusez-moi ! dit-elle d'un air faussement gêné. Je ne sais pas encore bien me servir de cet engin. Fran, mon chou… Fran, dut-elle répéter pour obtenir une réaction, on a besoin de toi dans la cuisine.

Francesca émergea de l'état second dans lequel elle se trouvait.

— Ah ? Oui… Si vous voulez bien m'excuser…

— Mais, mademoiselle Lang, j'aurais souhaité que…

— Pas maintenant, intervint Guy, avec un sourire censé adoucir ses paroles. Francesca est sensible à vos condoléances, mais ce sont des circonstances pénibles pour elle. Vous n'aurez qu'à m'exposer vos problèmes.

Tout en parlant, il entraîna avec fermeté les deux hommes vers la porte. Ceux-ci, conscients qu'ils n'obtiendraient rien de plus, n'insistèrent pas et s'en furent.

— Crétins ! laissa tomber Matty en les regardant s'éloigner.

— J'ai l'impression que tu n'es pas très gentille, Matty, lui fit remarquer Francesca.

— Vraiment ? fit l'intéressée avec un grand sourire angélique. C'est la chose la plus agréable que l'on m'ait dite depuis bien longtemps. Je ne sais pas pourquoi, mais parce que je suis clouée sur un fauteuil roulant, les gens voudraient que je sois devenue une sainte…

Mais Francesca aimait trop sa cousine pour lui en vouloir. Bien sûr personne n'avait besoin d'elle dans la cuisine, même si elle arriva juste à temps pour empêcher Connie de mettre les verres en cristal dans le lave-vaisselle. Matty avait juste voulu lui donner la possibilité de s'échapper, comprit-elle avec un petit sourire.

Mais Guy, pourquoi était-il venu la débarrasser de ces deux importuns ?

Elle devait retourner dans le salon, mais ne s'en sentait pas la force. Les condoléances polies de tous ces gens ne faisaient que masquer, pour la plupart, les questions qu'ils n'osaient pas poser mais qui se lisaient dans leurs yeux. Ils étaient désolés que Steven soit mort, mais c'était leur propre avenir qui les tracassait. Qu'allait-il advenir de l'entreprise ? Auraient-ils toujours leur emploi à la fin du mois ? Et les factures, devaient se demander les fournisseurs, seraient-elles payées ?

Des questions auxquelles elle n'avait pas de réponses.

Elle prit brusquement conscience qu'elle se trouvait à présent à la tête d'une affaire dont elle ne connaissait quasiment rien. Même pendant sa maladie, Steve avait tenu à tout assumer jusqu'au bout. Si bien qu'elle ne connaissait pas l'état de l'entreprise.

Elle se laissa tomber sur le vieux sofa dans l'angle de la cuisine, réprimant un sanglot. Pendant des jours et des jours, elle avait tourné et retourné le problème dans sa tête, sachant qu'une fois l'enterrement terminé, il lui faudrait affronter l'avenir. Mais pas maintenant. Pas aujourd'hui.

Quand il eut raccompagné à la porte les derniers invités, Guy alla trouver Francesca dans la cuisine. Il ne se faisait guère d'illusion sur la façon dont il serait reçu, mais il devait la convaincre de ne pas hésiter à faire appel à lui en cas de problème, l'assurer de son soutien. Il doutait qu'elle lui demande de l'aide, mais il laisserait quand même son numéro à Matty. Sa cousine, elle, l'appellerait en cas de besoin…

Une balle rebondit à ses pieds. Guy se retourna et découvrit un petit garçon sur le palier de l'escalier. Il n'y avait pas à se demander qui il était. Il avait un air de Steve dans son allure générale, un nez hérité de son grand-père et les cheveux blonds de sa mère.

L'émotion qu'il ressentit fut si vive, qu'il cessa un instant de respirer. Quand il avait appris que Francesca et Steve avaient eu un fils, il avait été assailli par toute une myriade d'émotions contradictoires qui l'avaient laissé complètement désemparé.

Il ramassa la balle mais, pendant un moment, resta simplement là, à la garder dans sa main, sans pouvoir prononcer un mot.

L'enfant descendit les marches, une à une, puis, soudain intimidé, s'arrêta à mi-parcours.

Au prix d'un effort de volonté, Guy réussit enfin à parler :

— Bonjour, Toby.

— Tu es qui ? Comment tu sais mon nom ?

Il l'avait toujours su. Il l'avait appris par une coupure de journal que lui avait adressée sa secrétaire.

*Francesca Lang et Steven Dymoke ont le plaisir de vous annoncer la naissance de leur fils, Tobias Lang Dymoke.*

Il avait alors envoyé le hochet en argent, un bijou de famille qui aurait dû revenir au premier-né de ses propres enfants. Une façon de montrer à Steve qu'il faisait cas de lui, qu'ils étaient égaux. Il espérait qu'avec une femme comme Francesca à ses côtés et avec la naissance de son fils, Steve aurait acquis suffisamment de force, de confiance en lui pour s'en rendre compte. Peut-être était-ce le cas, mais Guy s'était vu retourner son cadeau. Le message était clair : on ne voulait pas de lui.

— Je suis ton oncle Guy.

Il tendit la balle au petit garçon et celui-ci descendit encore quelques marches, jusqu'à se trouver à la même hauteur que lui. Puis, en voulant prendre la balle, il perdit l'équilibre et tomba dans les bras de Guy.

— Que fais-tu ?

Effrayé par l'exclamation anxieuse de sa mère, Toby se mit à pleurer.

— Donne-le-moi ! s'écria-t-elle en arrachant l'enfant des bras de Guy. Qu'est-ce qui te prend ? Crois-tu que parce que Steven est mort, tu es en droit de te comporter comme si tu étais ici chez toi, de prendre Toby et…

— Il allait tomber, Francesca, la coupa-t-il d'une voix douce, et je l'ai rattrapé…

Il s'apprêtait à ajouter que l'enfant était calme avant qu'elle crie puis se ravisa. Elle venait de subir une perte cruelle, et n'était pas dans son état normal.

— Je te cherchais pour te dire que je m'en allais.

— Eh bien, c'est dit. Tu peux partir.

— Je voulais aussi que tu saches que tu n'as pas à t'inquiéter pour toute la paperasserie et les affaires de Steven. Je m'en occuperai. Et si tu as besoin de quoi que ce soit…

— Tu ne t'en occuperas pas, l'interrompit-elle, frémissante. C'est moi que cela regarde, pas toi ! Et je n'ai besoin de rien.

Sa rebuffade lui fit l'effet d'une gifle.

— Tu n'auras qu'à appeler mon bureau. Demande ma secrétaire et…

— Ta *secrétaire* ? Ah merci ! Je suis ravie de voir la place que tu m'accordes.

— Je croyais…

Il croyait qu'elle accepterait plus volontiers de passer par un intermédiaire. Qu'elle se sentirait moins gênée.

Matty parut dans l'encadrement de la porte de la cuisine.

— J'ai fait du thé si quelqu'un en veut… Mais je peux le remplacer par du whisky si vous préférez ? ajouta-t-elle, après les avoir regardés alternativement, l'un et l'autre.

— Une autre fois. Je dois m'en aller.

Il s'approcha de Matty pour lui serrer la main et en profita pour lui glisser sa carte avec son numéro de téléphone portable.

— Cela m'a fait plaisir de te rencontrer, Matty. Vraiment.

— A t'entendre, on croirait que c'était la première et la dernière fois. J'espère bien que non.

— Guy doit avoir d'autres obligations plus importantes, Matty. Un puits de pétrole ici ou là, une…

— Je suis à Londres pour deux semaines, la coupa-t-il.

— Tant que ça ? répliqua Francesca d'un ton sarcastique. Très bien ! Alors nous n'avons à nous inquiéter de rien, j'imagine ?

Elle semblait proche de l'hystérie.

— Je te raccompagne, proposa Matty qui sentait la tension monter.

— C'est bon. Il connaît le chemin. Il habitait ici avant qu'il ne vende la maison à Steven au plus fort du boom immobilier.

Surpris, il se tourna vers Francesca qui ajouta :

— Quoi ? Crois-tu que j'ignore la somme qu'il t'a payée ?

Que pouvait-il répondre ? Qu'elle se trompait ? Que l'homme qu'elle aimait lui avait menti ?

Comme il se taisait, elle enchaîna :

— Ton frère t'adorait, Guy. Il t'idolâtrait. Il te trouvait constamment des excuses. A ses yeux, tu ne pouvais pas faire de mal…

Comme il aurait aimé que cela fût vrai…

Il adressa un sourire triste au petit garçon qui avait cessé de pleurer et l'observait de sous ses longs cils mouillés.

— Au revoir, Toby, dit-il, la gorge serrée.

Le gamin lui tendit alors la balle qu'il gardait toujours contre lui.

Guy ne sut ce qu'il était censé faire. Une fois de plus, il se sentait désemparé. Cela ne lui ressemblait pas. Et cela lui déplut fortement. Il décida de prendre la balle.

— Merci, Toby.

L'enfant enfouit son visage contre l'épaule de sa mère.

— Je t'appellerai demain, Francesca.

— C'est inutile.

Sans attendre de voir sa réaction, elle tourna les talons.

— Puis-je te laisser ça ? demanda-t-il à Matty en lui tendant la balle.

— Toby te l'a donnée parce qu'il veut que tu reviennes.

— Sa mère ne partage pas cet avis.

— Peut-être, mais je n'ai vu personne d'autre qui ait traversé des océans pour être auprès d'elle...

— Steve était mon frère.

—... ou qui soit venu à sa rescousse quand elle était harcelée par deux types qui s'inquiétaient pour leur argent, poursuivit Matty, comme s'il ne l'avait pas interrompue.

Son visage, marqué des stigmates de tout ce qu'elle avait enduré, respirait l'intelligence, et il sentit en elle une alliée.

— Ces deux types ont-ils raison de s'inquiéter ? demanda-t-il.

— Steven ne s'est jamais confié à moi, mais il n'était pas du tout en état de diriger lui-même ses affaires depuis six mois.

— Dommage que Francesca ne me l'ait pas dit.

— Il ne le lui aurait pas permis. A la fin, elle a quand même appelé ton bureau, mais il était trop tard. Tout ce que tu peux faire, maintenant, c'est rester et l'aider à réparer les dégâts.

# 2.

Francesca était la proie de si violents tremblements qu'elle dut s'asseoir avant que ses jambes ne se dérobent. Toby voulut se libérer mais elle le tenait fermement, comme s'il était le seul rempart qui l'aurait séparée de quelque gouffre béant devant elle.

Elle avait été si soulagée quand la secrétaire de Guy lui avait téléphoné pour lui dire qu'il ne serait probablement pas en mesure de rentrer à temps en Angleterre pour l'enterrement.

Elle aurait dû se douter qu'il remuerait ciel et terre pour venir. Steven lui avait dit un jour que, pour son frère, il n'y avait jamais rien d'impossible. Qu'une fois seulement il avait renoncé à obtenir ce qu'il voulait. Guy était comme une ombre invisible qui n'avait cessé de hanter Steven. Elle aurait dû essayer de combler le fossé qui s'était creusé entre eux, mais...

— Tu devrais peut-être aller te reposer, Fran. Tu as l'air à bout.

Reconnaissante à Matty de l'arracher à ses pensées, elle laissa enfin s'échapper Toby.

— Non, non, ça va. Où est Connie ?

— Elle est en train de ranger le salon.

— Vous avez été formidables, toutes les deux. Je ne sais pas comment j'aurais fait sans vous.

— J'aimerais pouvoir dire que le pire est passé.

— Il *est* passé. Je dois juste voir le notaire, demain, à propos du testament.

Ce rendez-vous ne l'inquiétait pas. Steven lui avait dit avoir fait le nécessaire pour qu'elle et Toby ne manquent de rien.

Ce qui la préoccupait, c'était l'entreprise de Steven. Qu'allait-il advenir de ses affaires ? Aurait-elle l'énergie nécessaire pour s'en occuper ?

— N'oublie pas que tu n'es pas seule, poursuivit Matty. Je suis là, et Connie pourra s'occuper de la maison…

— Ce n'est pas la peine, vraiment, répondit-elle sur un ton qu'elle voulait rassurant.

Elle ne voulait pas inquiéter Matty. Bien qu'elle ait étonnamment récupéré de son accident, elle restait néanmoins fragile.

— Elle a envie d'aider, Fran. Et pour être franche, elle a très peur que tu déménages et que tu ne l'emmènes pas avec toi.

— Comment ? Mais je ne pourrais jamais faire une chose pareille, cela ne me viendrait même pas à l'esprit, répliqua-t-elle, comprenant en même temps que Matty aussi, cherchait à être rassurée.

— Bien sûr. C'est ce que je lui ai dit. Et Guy Dymoke m'a l'air d'être le genre d'homme sur qui l'on peut s'appuyer en cas de problèmes. A ton avis, risque-t-il d'y en avoir ?

— Je me retrouve à devoir diriger une entreprise. Alors que ce que j'ai eu de plus complexe à faire depuis trois ans, c'était de réfléchir au menu du dîner quand nous recevions du monde. Cela poserait des problèmes à n'importe qui, il me semble, non ?

— Ne te sous-estime pas, Fran, répondit doucement Matty, en s'approchant pour lui prendre un instant la main. Il faut que je sache, voilà. Y aura-t-il des problèmes ?

Elle eut envie de répondre non, comme elle l'avait fait avec Guy. Mais elle avait tellement joué à la femme forte, ces derniers mois, pour n'inquiéter personne, qu'elle sentait, à présent, le doute et la lassitude l'envahir.

La vérité, c'est qu'elle ne savait tout simplement pas s'il y aurait ou non des problèmes. Steven ne parlait jamais de ses affaires. Quand elle se montrait curieuse, il éludait ses questions, estimant qu'elle n'avait pas lieu de se tracasser avec cela. Maintenant, elle regrettait de n'avoir pas davantage insisté…

— Je ne veux pas y penser, conclut-elle. Pas aujourd'hui. Buvons plutôt de ce whisky dont tu parlais.

— Mais en ce qui concerne la maison, Fran ?

Elle perçut l'inquiétude dans la question de Matty. Une inquiétude légitime : sa cousine avait investi dans la maison, elle avait financé de ses propres deniers les travaux d'aménagement nécessaires pour qu'elle puisse vivre de façon autonome au sous-sol dans son fauteuil roulant. Illustratrice de talent, elle y avait même créé un atelier afin de pouvoir y travailler.

— Il m'a toujours assuré qu'il n'y avait rien à craindre pour la maison.

Steven lui avait certifié qu'il ne s'en servirait jamais pour dégager des liquidités en cas de problèmes. Mais si l'entreprise était confrontée à de réelles difficultés et que la banque exigeait son dû ?

Toby et elle pouvaient vivre n'importe où, mais Matty ne trouverait jamais un autre logement à Londres semblable à celui qu'elle occupait chez eux. De plus, c'est Francesca qui avait insisté pour que sa cousine vienne s'installer avec eux.

— Pardonne-moi. Bien sûr qu'il n'y a pas à s'inquiéter. Cette maison, c'est ton palais, Steven t'a assez répété que tu étais sa princesse… Je me demande où il a trouvé les fonds nécessaires pour l'acheter au plus fort du boom immobilier, ne put s'empêcher d'ajouter Matty.

— Son père lui avait laissé un peu d'argent. Rien de comparable avec la fortune que Guy a reçue de sa mère, bien sûr, mais assez pour acheter cette maison. Il voulait que tout soit parfait pour moi.

Comme s'il avait quelque chose à prouver, pensa-t-elle en sentant sa gorge se nouer. Prouver surtout sa réussite à son frère.

— Et tout a été parfait, ajouta-t-elle, en évitant de croiser le regard de Matty.


Guy régla la course au chauffeur du taxi, récupéra sa voiture de location à l'église, et se dirigea vers le loft en bord de Tamise, dans lequel il avait investi beaucoup de temps et d'argent, mais qui ne faisait que lui rappeler, en fait, le vide de son existence.

Arrivé chez lui, il se servit un whisky et s'abandonna au confort d'un profond fauteuil de cuir en regardant d'un air pensif le fleuve au-dehors. Mais il ne voyait pas les bateaux, pas plus que les lumières qui s'allumaient à mesure que le crépuscule tombait sur la ville. Tout ce qu'il voyait, c'était Francesca Lang. Non pas vêtue de noir, les cheveux relevés, mais telle qu'elle lui était apparue la toute première fois, au restaurant.

Il but quelques gorgées de whisky mais n'y trouva aucun réconfort. Rien d'autre au monde n'aurait pu le réchauffer que les bras de cette femme que le code moral l'empêchait d'aimer. Cette femme qui l'avait regardé aujourd'hui comme s'il était quelque monstre malfaisant. Il s'attendait à un accueil glacial de sa part, certes, mais pas à un tel degré d'animosité. Chaque mot qu'elle avait prononcé était comme autant de coups reçus. Et la souffrance était réelle.

Il abandonna son verre, se leva et se concentra sur la contemplation du fleuve, dans l'espoir de se distraire de ses sombres pensées. En vain.

Il appuya son front contre la vitre froide, ferma les yeux et laissa se dérouler en boucle l'unique souvenir qu'il avait de la jeune femme.

S'il avait pu se douter de ce qui l'attendait ce soir-là, il se serait tenu sur ses gardes ; mais dès l'instant où elle était apparue dans ce restaurant, Francesca lui avait ravi sa raison et son cœur, faisant de lui un être vulnérable et sans défense. Et Steve, qui s'en était rendu compte sur-le-champ, s'était réjoui d'avoir, pour la première fois de sa vie, quelque chose que son demi-frère convoitait. Et quelque chose qu'il ne pourrait jamais obtenir.

Guy n'en avait pas tenu rigueur à Steve. Simplement, il aurait voulu être ailleurs, à des milliers de kilomètres de là. Mais il lui avait fallu endurer toute une soirée en leur compagnie, et il n'avait eu d'autre solution que de se conditionner mentalement pour l'épreuve, serrer la main de Steve, effleurer d'un baiser la joue de Francesca pour lui souhaiter la bienvenue dans la famille, la féliciter. Cela avait été une secrète torture, et le mal qu'elle avait creusé en lui ne l'avait jamais quitté.

Depuis, chaque fois qu'il cessait de se concentrer sur autre chose, chaque fois qu'il fermait les yeux, les images de cette soirée se déroulaient encore et encore dans son esprit, enfermé dans le carcan de souvenirs auxquels il ne pouvait échapper.

La douceur veloutée de la joue de Francesca, son parfum, un subtil mélange de senteurs qui ne venait pas d'une quelconque eau de toilette mais de ses cheveux, de la chaleur de son corps, de ses vêtements, de l'air frais qu'elle avait fait entrer avec elle. Depuis trois ans, ce parfum ne l'avait pas quitté et se rappelait parfois à lui, comme un fantôme messager de sa souffrance.

Sur le moment, il avait dû se montrer aimable avec eux, se réjouir que Steve ait enfin trouvé ce qu'il cherchait depuis toujours : une femme qui l'aimait, sur qui il pouvait compter. Une famille bien à lui.

Et se résigner.

— Où comptez-vous vous installer ? avait-il demandé à Steve. Ton appartement n'est pas assez grand pour deux, et à plus forte raison pour trois.

— Nous avons commencé à chercher, ici et là… Hier, nous sommes allés voir la maison d'Elton Street, Fran et moi, avait ajouté Steve avec un haussement d'épaules désinvolte.

Le cœur de Guy s'était mis à battre plus vite quand il s'était adressé ensuite à Francesca.

— Elle t'a plu ?

— C'est une très belle maison, avait-elle répondu, sans vraiment croiser son regard.

— Fran en est tombée raide amoureuse, avait renchéri Steve. J'aimerais venir te voir, demain, pour en parler.

— Tu aimerais y habiter ? avait-il demandé à la jeune femme, ignorant la suggestion de son frère.

Pendant quelques secondes, il y avait eu comme un frémissement.

— Je m'y suis sentie bien.

Il s'était retenu de lui crier : « Viens avec moi, et tu auras tout ce que tu désires. La maison, mon cœur, ma vie… »

— Dans ce cas, je suis sûr que Steve trouvera la possibilité de te l'offrir.

— Cela dépend du prix. Contrairement à toi, mon cher frère, je ne dispose pas de moyens illimités.

— Personne n'a des moyens illimités, Steven.

Et Guy avait brusquement compris la raison de cette invitation à dîner. Chaque fois que son frère l'appelait, c'était pour lui emprunter de l'argent, comme par exemple la mise de fonds nécessaire au lancement de son entreprise.

— Avez-vous fixé une date pour le mariage ? avait-il repris, changeant volontairement de sujet de conversation.

Steve avait compris et n'avait pas insisté. De toute évidence, il voulait cacher à Francesca qu'il sollicitait son frère pour une aide financière.

— Le mariage ? Qui a parlé de se marier ?

— Cela me paraît aller de soi dans les circonstances, non ? A moins que tu aies une bonne raison d'y être opposé ? M'aurais-tu caché quelque chose ?

Steve avait souri.

— Rassure-toi, Guy. Je n'ai pas une épouse dissimulée je ne sais où. Fran est la seule femme avec qui j'aie jamais eu envie de vivre.

— Alors, où est le problème ? Puisque vous devez habiter ensemble, avoir un enfant…

Si Francesca Lang avait été sienne, rien au monde ne l'aurait empêché de lui jurer amour et fidélité devant autant de témoins qu'il aurait pu en rassembler.

— Mon pauvre Guy, tu es complètement à côté de la plaque. On ne se marie plus de nos jours. C'est dépassé. Cela ne sert qu'à engraisser les avocats quand rien ne va plus dans le couple.

Guy avait alors regardé Francesca pour voir comment elle réagissait à ce « quand », mais elle avait le nez dans son assiette.

Aussi, faute de savoir ce qu'elle pensait, il avait répondu avec un haussement d'épaules :

— A mon avis, tu t'apercevras que, même au XXI<sup>e</sup>— La possibilité de s'habiller et de faire la fête ? Je ne vois pas l'utilité de passer auparavant à l'église pour cela. Et puis, souviens-toi du divorce que ma mère a fait subir à papa. Fran a connu pratiquement la même chose avec ses parents.

Steve avait alors pris la main de Francesca et l'avait serrée dans la sienne pour bien montrer qu'ils étaient unis et avait ajouté :

— Le mariage, nous y sommes allergiques, voilà.

Guy avait fixé un point imaginaire dans le lointain, saisi d'un étrange malaise.

— Si tu te figures que n'être pas marié t'évitera tous les désagréments d'un couple qui se défait, tu te trompes. Dès lors qu'on a une maison, des enfants…

— Guy, je comprends ce que tu veux dire, mais tout cela ne s'applique qu'aux riches.

Il n'avait pas ajouté « comme toi », mais cela avait été implicite.

— C'est votre décision, bien sûr, mais j'espère que vous avez bien réfléchi.

Durant tout cet échange, Francesca était demeurée silencieuse, mais l'amour qui avait brillé dans ses yeux lorsque son regard s'était posé sur Steve l'avait meurtri plus sûrement qu'une blessure physique.

— Nous avons bien réfléchi, avait assuré Steven, avant de porter la main de Francesca à ses lèvres. Mais si tu veux jouer le grand frère, avait-il ajouté ensuite avec un sourire, tu peux toujours offrir le champagne.

Le message avait été clair. Steve lui avait dit en substance : « Tout cela ne te regarde pas, c'est mon enfant qu'elle porte… »

Il n'avait pensé qu'à cela tout au long de cette terrible soirée. Francesca était enceinte, et il aurait donné tout ce qu'il possédait pour être à la place de son frère. Sa carrière, l'entreprise qu'il avait créée avec quelques amis, la fortune que lui avait laissée sa propre mère ; tout ! Simplement pour être assis de l'autre côté de la table, un bras posé sur le dossier de la chaise de Francesca, et se dire que l'enfant qu'elle portait était de lui.

Une pure folie. Il la connaissait à peine. Il avait juste effleuré sa joue des lèvres et échangé une douzaine de mots avec elle. De plus, dès l'instant où elle avait compris qui il était, son sourire éblouissant s'était fait plus réservé. Manifestement, Steve lui avait raconté par le menu tous les griefs qu'il avait à son encontre. Il lui avait parlé de ce demi-frère plus âgé, plus fortuné qui avait tout, y compris une mère qui l'avait aimé. Surtout une mère qui l'avait aimé…

Cette simple soirée au restaurant était restée à jamais gravée dans son esprit et dans sa chair, et réapparaissait aujourd'hui avec une cruelle ironie.

— Tu penses pouvoir te débrouiller toute seule ?

— Il va bien falloir que je m'y habitue, Matty. Autant commencer aujourd'hui.

Fran rajusta le col de son chemisier et s'examina dans le miroir de l'entrée. Tailleur noir, coiffure impeccable. A l'exception des cernes qui ombraient ses yeux, elle offrait l'image de la parfaite femme d'affaires. Steven aurait été fier d'elle. Il disait toujours que tout était dans l'apparence. Pour faire illusion, il suffisait d'ignorer l'appréhension qui vous nouait l'estomac, d'avoir l'air sûr de soi, et les autres vous croiraient.

Certes, cela faisait trois ans qu'elle n'avait pas mis les pieds dans un bureau, mais son cerveau ne s'était pas ramolli simplement parce qu'elle avait eu un bébé.

En ce moment même, des personnes attendaient que quelqu'un leur dise : « Tout ira bien. Nous pouvons nous remettre sereinement au travail. » Et elle était la seule à pouvoir le leur dire.

— Je passe d'abord chez le notaire régler les paperasseries, dit-elle. Puis j'irai au bureau.

— Que fait-il ici ?

Guy était dans l'étude de Tom Palmer, le notaire, depuis quelques minutes à peine quand la secrétaire fit entrer Francesca.

La jeune femme s'immobilisa brusquement sur le seuil à sa vue, lui jetant un regard fort peu aimable.

Il ne s'était pas bien rendu compte comme elle avait maigri. De même, ses cheveux lui semblaient plus clairs que le blond doré qu'il avait dans son souvenir. Peut-être n'était-ce pas sa couleur naturelle à l'époque, mais elle lui plaisait davantage. Ce soir-là, les couleurs vibraient sur toute sa personne, alors qu'aujourd'hui elle était monochrome et d'une extrême pâleur. Cela rendit d'autant plus visible la colère qui empourpra instantanément ses joues quand elle l'aperçut.

— Pourquoi est-il là ? insista-t-elle, l'ignorant superbement et s'adressant à Tom Palmer, qui se levait pour la saluer.

— Guy est votre… Il est l'exécuteur testamentaire de Steven, Francesca. Il a pour rôle de s'assurer de la bonne exécution du testament.

Alors, elle tourna ses yeux gris magnifiques vers lui.

— Ah, voilà pourquoi tu t'es précipité ici du fin fond de ta brousse. Pour garantir tes actifs.

— Je suis sûr que Steven vous a laissé tout ce qu'il possédait, à Toby et à toi. Mon seul rôle est de veiller à ce que ses volontés soient exécutées. Et je m'y emploierai, quelles qu'elles soient.

Tom, qui avait été sans nul doute maintes fois témoin de semblables conflits familiaux au cours de sa longue carrière, intervint pour calmer le jeu :

— Francesca, je vous en prie, asseyez-vous. Voulez-vous boire un café… ou du thé, peut-être ?

— Rien, merci. Finissons-en. J'ai une longue journée qui m'attend.

— Bien. Le testament en soi est assez simple, déclara Tom en ouvrant un dossier. D'abord, Guy, Steven a laissé cette lettre pour vous.

Surpris, Guy l'empocha sans faire de commentaire.

— Tu ne la lis pas ? questionna sèchement Francesca.

— Pas maintenant.

Si Steve, imprévoyant comme il l'était, avait décidé de lui écrire une lettre en se sachant condamné, Guy voulait être seul pour la lire. Il invita le notaire à commencer la lecture du testament.

A une époque où il était encore en mesure d'imposer son point de vue, Guy avait insisté pour que Steve fasse un testament en faveur de Francesca.

— C'est tout ? demanda-t-elle, à la fois déçue et soulagée.

— C'est assez peu, en effet, reconnut Tom. Malheureusement, comme vous le savez, Steven a liquidé son assurance-vie l'année dernière pour se procurer des fonds.

— Quoi ?

Cette exclamation lui échappa malgré elle. Mais, très vite, elle rattrapa sa bévue.

— Oui, bien sûr. Il en avait discuté avec moi… Quand je demandais si c'était tout, je voulais juste savoir si je pouvais partir. Je dois aller au bureau, j'ai à faire, ajouta-t-elle d'une voix autoritaire.

Elle était incroyable, pensa Guy. Elle venait de recevoir un coup terrible mais faisait comme si de rien n'était ; hormis ce cri de surprise, personne n'aurait pu imaginer que les déclarations du notaire étaient différentes de ce à quoi elle s'attendait.

— Non, ce n'est pas tout à fait fini, répondit Tom, visiblement soulagé de n'avoir pas à gérer une crise d'hystérie. J'ai juste besoin de votre signature ici pour pouvoir requérir une estimation de la succession.

— Une estimation ?

— De l'entreprise, oui. Pour raison fiscale. Pour les droits de succession, précisa-t-il devant son air ahuri. Vous n'étiez pas mariés. J'avais bien prévenu Steven de ces taxes quand il a rédigé le testament. A l'époque, bien sûr, rien ne pressait, mais je lui avais vivement recommandé d'en discuter avec vous. D'envisager peut-être de régulariser votre situation pour la forme. C'était l'affaire de dix minutes au bureau de l'état civil du quartier.

Guy s'aperçut que Tom commençait à se sentir mal à l'aise face à l'incompréhension de Francesca. A l'évidence, elle n'avait jamais eu cette conversation avec Steven.

36

— Juste pour être dans la légalité, poursuivit laborieusement Tom. Peut-être après la naissance du bébé…

— Des droits de succession ? répéta-t-elle, ignorant le reste de son bavardage.

— L'entreprise dépasse-t-elle le seuil d'imposition ? intervint Guy.

— Je n'en ai aucune idée, répondit Tom.

Tous deux adressèrent un regard interrogateur à Francesca qui balaya leur question d'un petit geste impatient.

— Parlez-moi plutôt de ces droits de succession, dit-elle d'un ton plus incisif.

— Je ne pense pas qu'ils devraient poser problème, à moins que le chiffre d'affaires de l'entreprise soit bien supérieur à ce qu'il était lors du dernier audit. Néanmoins, vu que vous n'étiez pas mariée à Steven, tout héritage sera soumis à des droits de succession.

Elle médita un instant ces paroles puis déclara :

— Donc, si nous avions été mariés, je n'aurais pas eu à payer ces droits ?

— Non. Mais comme je vous disais…

— Et parce que nous n'avons pas voulu sacrifier à une cérémonie vide de sens, je devrai les payer ? le coupa-t-elle d'une voix où vibrait une pointe de colère.

— Oui. C'est effectivement la règle qui s'applique en l'occurrence.

— Mais c'est absurde ! Nous avons vécu près de trois ans ensemble ! Nous avons un enfant…

— Vous auriez vingt-trois ans de vie commune et une dizaine d'enfants que cela ne changerait rien, malheureusement.

Après quelques secondes de stupeur, elle demanda :

— Quel est le montant de la franchise ?

— Deux cent cinquante mille livres. Au-delà, quarante pour cent de la succession reviennent à l'Etat.

Guy avait trouvé la jeune femme pâle, tout à l'heure. Il vit son visage se vider de ses couleurs en quelques secondes.

— Mais… mais la maison à elle seule vaut au moins dix fois plus ?

— Vous n'avez pas à vous tracasser pour la maison.

— Vous voulez dire qu'elle n'est pas soumise à ces fameux droits de succession ?

— Non, je veux dire que… que Steven n'en était pas propriétaire.

— Comment ? Mais c'est faux ! Steven l'a achetée à Guy il y a trois ans. Nous habitons là-bas depuis trois ans. Guy, dis-le-lui ! s'écria-t-elle en se tournant vers lui, livide.

— Il semble qu'il y ait un malentendu, Francesca. J'ignore ce que Steve t'a dit, mais il ne m'a pas acheté cette maison pour la bonne raison qu'elle n'appartient plus à la famille depuis longtemps ; elle a été vendue à un marchand de biens, il y a une dizaine d'années.

— Mais il avait dit que… tu avais dit que… Souviens-toi, Steve devait venir te voir, en parler avec toi, balbutia-t-elle, faisant manifestement référence à leur conversation au restaurant.

— Steve est bien venu me voir, mais il m'a simplement demandé de lui avancer de quoi payer un acompte pour la maison. Jusqu'à hier, j'ignorais que tu croyais que j'en étais propriétaire. J'ignorais aussi qu'il ne l'avait pas achetée.

— Mais pourquoi t'aurait-il emprunté de l'argent ? Il en avait… Combien était-ce ? demanda-t-elle d'une voix brisée.

Guy ne voulait pas entrer dans de tels détails.

— Combien lui as-tu donné ? insista-t-elle.

— Deux cent cinquante mille livres.

— Et il ne l'a pas achetée ? demanda-t-elle, s'adressant cette fois à Tom Palmer.

Le notaire secoua la tête.

— Autant que je sache, elle n'était même pas en vente à l'époque. Steven l'a louée sur la base d'un bail d'un an.

— Mais pour nous, c'est notre maison. Pour Toby et moi, pour Matty ! Elle y a investi des milliers de livres pour faire un atelier et adapter le logement à son handicap. Si j'avais su qu'elle était simplement louée, je ne l'aurais jamais incitée à de telles dépenses… Les propriétaires de la maison ne sont pas au courant de tout cela, n'est-ce pas ?

— A mon avis, c'est peu probable, dit Guy avec douceur.

Mais il était tout aussi désemparé qu'elle devant l'énorme irresponsabilité de son frère.

Francesca restait là, stupide, sans pouvoir réagir. C'était comme si elle sombrait au fond d'un océan, lentement, et qu'elle était complètement paralysée, incapable de faire les gestes qui l'auraient sauvée.

Elle s'imaginait avoir hérité d'une maison de plus de deux millions de livres. Même avec les droits à acquitter, il lui serait resté plus d'un million si elle l'avait vendue, de quoi se reloger ailleurs. Alors qu'en réalité, elle ne possédait rien d'autre qu'une entreprise sur qui personne ne se faisait trop d'illusions, et un bail qui ne serait peut-être pas renouvelé. Et qu'elle ne pourrait probablement pas se permettre de renouveler…

— Il y a encore quelque chose, risqua timidement le notaire.

— Encore ? murmura-t-elle d'une voix éteinte.

S'il avait affecté jusqu'alors une expression grave de circonstance, Tom Palmer, maintenant, semblait franchement mal à l'aise. Quelle autre calamité pouvait-il bien lui annoncer ?

— La dernière fois que j'ai vu Steven, il m'a demandé d'ajouter un codicille à son testament. Je lui ai dit que, malheureusement, vu sa nature, je ne concevais pas de le joindre à ce document. Nous sommes parvenus à un compromis. Il m'a dicté ses volontés, et je me suis engagé à en faire lecture à ce stade.

— Vous voulez dire, après m'avoir annoncé que mon fils et moi n'avons plus un sou ni même de toit ?

— Francesca…

Elle foudroya Guy du regard, le mettant au défi d'ajouter un mot.

— Donc, je vous le lis si vous voulez bien ? reprit Tom.

Ni l'un ni l'autre ne répondant, il sortit une lettre du dossier puis s'éclaircit la gorge.

— « Eh bien, oui, Guy, cela recommence, une fois de plus ! » Ce sont ses mots, tels qu'il les a dits, précisa le notaire.

— Tom, poursuivez, s'impatienta Guy.

— Pardonnez-moi… « Eh bien, oui, Guy, cela recommence, une fois de plus ! Je me suis mis dans la mélasse et tu vas encore venir jouer le bon Samaritain et me sauver la peau. Si ce n'est que, cette fois, on ne peut plus rien pour ma peau. C'est Fran et Toby qui ont besoin de toi aujourd'hui. »

— Jamais de la vie, marmonna-t-elle.

— « D'abord, que je te dise. Quoique tu seras déjà en partie au courant… L'argent que tu m'as prêté pour la maison, je m'en suis servi pour acheter des boucles d'oreilles en diamants à Fran. Ah, et pour payer la facture de la maternité. Une clinique privée dans Piccadilly… Pour les miens, je ne regarde pas à la dépense. Seulement, j'étais à sec. Mais j'ai toujours pu compter sur toi. »

— Il n'avait pas à faire cela ! protesta Fran, la gorge nouée soudain. Je voulais accoucher à l'hôpital du quartier. Et je me serais fort bien passée de diamants !

Tom attendait patiemment la fin de ce coup d'éclat, mais la jeune femme n'alla pas au-delà, mortifiée que Steven ait pu demander de l'argent à son frère pour la couvrir de cadeaux. Et qu'elle-même ait accepté sa générosité sans se poser de questions. Mais Steven était ainsi. L'argent était fait pour être dépensé, aimait-il à répéter. Et il le dépensait sans jamais s'inquiéter apparemment de savoir où il le trouverait. Peut-être ne s'en était-il jamais inquiété… Peut-être Guy avait-il toujours été là…

Les deux hommes la regardaient. D'un geste, elle fit signe au notaire de poursuivre.

« Alors voilà ce que je te demande, Guy. La dernière chose que j'ai faite, avant que je ne sois plus du tout capable de rien, c'est de réserver un voyage dans les Antilles pour faire une surprise à Fran : me marier avec elle là-bas, sur une île. Il semblerait que j'aie été un peu trop optimiste sur mes chances de survie. Cela ne se fera pas, mais Toby aura besoin d'un père, et Fran de quelqu'un qui l'aide. Et, comme d'habitude, ce sera toi.

» D'après la loi, il ne m'est pas possible de faire un codicille par lequel je te léguerais en quelque sorte Fran et Toby, mais je sais que je peux compter sur toi. Tom a les billets. Un mariage de convenance ne devrait pas vous poser de problème, ni à Fran ni à toi.

Steve. »

# 3.

Quand Tom Palmer cessa de parler, il s'ensuivit un lourd silence.

Guy, le premier, reprit la parole :

— C'est vrai, Tom ? Vous avez ces billets ?

— Oui…

Il tendit la main et le notaire lui remit le dossier de voyage.

D'un air incrédule, Fran le regarda examiner calmement les documents avant de se tourner vers elle.

— C'est la semaine prochaine, Francesca. Est-ce que cela te convient ?

Ce fut dit du même ton que s'il s'agissait d'un dîner au restaurant ou d'une sortie au théâtre. Guy, le visage parfaitement impassible, l'observait calmement, sans manifester la moindre émotion, attendant sa réponse.

Face à un tel degré d'indifférence, la jeune femme sentit monter en elle une douleur sourde, oppressante, et en identifia la nature : de la peur.

— C'est une plaisanterie, lâcha-t-elle dans un ricanement nerveux à l'adresse de Tom.

Mais le notaire baissa les yeux, comme s'il avait voulu disparaître sous terre.

Guy, quant à lui, ne la quittait pas des yeux.

— Fais-moi voir ça !

Il lui tendit le dossier qu'elle examina avec attention : billets d'avion, suite nuptiale, cérémonie de mariage… Tout était en règle. Si ce n'est que le nom sur les documents était celui de Guy Dymoke.

— Mais c'est un cauchemar !

— C'est une formalité, Francesca. Un mariage fictif. Juste un moyen pour toi de voir l'avenir plus sereinement.

— Non merci, je m'en passerai. Je n'ai pas besoin de toi. J'ai simplement besoin d'un endroit où vivre.

— Toby, Matty et Connie ont aussi besoin d'un endroit où vivre.

— D'accord ! s'écria-t-elle, furieuse qu'il lui rappelle ses responsabilités. Tu n'as qu'à renouveler le bail alors !

— Je crois que je vais devoir faire un petit peu plus.

— Tu en as déjà bien assez fait, Guy !

Là-dessus, elle déchira les billets d'un geste sec et lui jeta un regard de défi.

Il eut un mouvement de recul comme si elle l'avait giflé, et ses mâchoires se crispèrent imperceptiblement.

Elle en éprouva de la jouissance. Elle voulait qu'il perçoive sa colère. Qu'il partage sa douleur. Qu'il ressente… qu'il ressente quelque chose !

Comment Steven avait-il osé la confier à son frère par testament, comme si elle était sa propriété ?

Et lui, comment osait-il accepter cette demande, comme si c'était… son devoir ? Sans la plus petite émotion. Froidement. Sans passion. Sans surprise. Elle aurait voulu l'attraper par les épaules et le secouer…

— Explique-moi ce qu'a voulu dire Steve en déclarant qu'un mariage de convenance ne devrait pas te poser de problème, lui demanda Guy. Dans ce cas, pourquoi ne l'as-tu pas épousé ? Ou alors, c'était lui qui ne voulait pas…

— Quoi ?

Guy était si sensible à tout ce qui émanait d'elle, à la moindre nuance dans ses expressions, au plus petit mouvement, qu'il nota son infime sursaut et la petite lueur de panique qui traversa son regard. Il se rappela la conversation qu'il avait eue avec Steve le soir où il était venu lui demander l'argent, quelque temps après leur soirée au restaurant. Les paroles étranges de son frère à propos de Francesca.

Il lui avait dit : « J'ai ce que tu désires plus que tout au monde, Guy. Et je n'ai même pas besoin de l'épouser… »

Steve lui avait dit cela… après avoir soigneusement empoché son chèque. Ce fut l'unique fois dans sa vie où Guy avait perdu son sang-froid et lui avait mis son poing dans la figure…

Francesca se tourna vers lui, frémissante de colère.

— Je ne te permets pas de critiquer Steven alors qu'il n'est pas là pour se défendre ! Il n'y est pour rien ! Tout est de ma faute. Quand il a su que j'étais enceinte, il a voulu m'épouser, il m'a suppliée, mais…

Elle s'interrompit brusquement et jeta un regard nerveux en direction du notaire.

— Mais quoi ? demanda Guy.

Et comme elle ne répondait pas, il ajouta :

— Tu n'as pas voulu renier tes principes, c'est ça ?

Cependant il n'en croyait pas un mot. Mais devant son air de bête traquée, il n'osa insister.

— J'aimerais que nous parlions, murmura-t-elle d'une voix étranglée.

Il comprit qu'elle venait de franchir un tournant difficile, qu'elle allait cesser d'attaquer pour préparer sa défense. S'il s'était agi de n'importe qui d'autre, il aurait porté le coup de grâce. Mais là, il ne pouvait pas.

— Parce que nous ne sommes pas en train de parler en ce moment ?

— Guy... je t'en prie, souffla-t-elle, l'implorant littéralement du regard.

Il serra les dents et l'observa un instant en silence.

— Tom, avez-vous encore besoin de nous aujourd'hui ?

— Il faudrait que vous me signiez quelques documents tous les deux, mais cela peut attendre la semaine prochaine. Vous êtes là pendant deux semaines, n'est-ce pas ?

— Pas davantage, répondit Guy en se levant.

Puis il prit fermement la jeune femme par un bras, l'entraîna vers la porte et, sans un mot, ne la lâcha plus jusqu'à ce qu'ils soient parvenus à sa voiture au pied de l'immeuble.

— Monte.

— Où allons-nous ?

— Dans un endroit tranquille où tu vas pouvoir m'expliquer pourquoi ce n'est pas de la faute de Steve.

Quand il démarra, Guy ne savait pas du tout où il allait. Il devait juste s'éloigner au plus vite de l'atmosphère confinée de l'étude du notaire.

— Le parc, dit-il au bout d'un moment. J'ai besoin de respirer. De me dégourdir les jambes... Il me faut toujours un peu de temps pour m'habituer à la ville.

— Ce doit être difficile à vivre, un tel changement, fit-elle remarquer, saisissant aussitôt l'occasion de parler d'autre chose. Cela te plaît de travailler sur le terrain ?

— Cela ne me déplaît pas, répondit-il, entrant obligeamment dans le jeu. C'est un peu un défi permanent.

— Que fais-tu au juste ? Je t'imagine toujours en train de grimper le long des parois rocheuses pour récolter des échantillons de roches avec un marteau. Cela ne doit pas se limiter à ça, je suppose ?

Il sourit en lui-même. Cette conversation ressemblait aux nouvelles qu'échangeaient deux vieux amis se retrouvant après quelques années. Sauf que dans ce cas, ce n'était pas de l'amitié qui faisait battre son cœur.

— C'est un peu plus complexe, en effet. Mais malgré toutes les images que fournissent les satellites, on a toujours besoin de gens sur le terrain.

— Qui fait ton travail pendant que tu es ici ?

— Personne. C'est pourquoi je dispose de peu de temps.

— Ce doit être formidable d'avoir un vrai métier, dit-elle, une note de nostalgie dans la voix. D'être respecté.

— Etre mère est le plus beau métier qui soit, non ?

Il se dit soudain qu'elle ne l'avait peut-être pas choisi et, sans attendre sa réponse, enchaîna :

— Que voulais-tu faire dans la vie ? Avant de rencontrer Steve ?

— Oh, je ne sais pas. Comme tous les diplômés d'écoles de commerce, je suppose : dénicher *le* travail intéressant.

Elle haussa les épaules et sourit, l'air un peu gênée d'avouer ses ambitions.

— Devenir l'Amaryllis Jones de ma génération, ajouta-t-elle, faisant référence à la célèbre fondatrice d'une chaîne de magasins d'aromathérapie, qui venait de recevoir un prix. Avoir ma photo à la une du *Financial Times*.

— Puis tu as rencontré Steve.

— Puis j'ai rencontré Steve et je suis tombée enceinte. Ce qui n'est pas vraiment une référence pour quelqu'un qui aspire à impressionner le monde par ses talents d'organisation, soupira-t-elle avec un petit sourire triste. Ecoute, puisque tu as envie de marcher et que je dois aller au bureau de Steven, tu n'as qu'à me déposer ici, je prendrai le métro. Ce sera beaucoup plus rapide…

Elle regarda sa montre comme pour bien montrer qu'elle était pressée. Il ne faisait aucun doute qu'elle regrettait déjà d'avoir voulu se confier à lui. Elle l'avait juste proposé dans un moment de panique. Mais maintenant qu'elle avait recouvré ses esprits, elle n'avait plus du tout envie de parler.

— Tu comptes prendre la succession de Steve à la tête de l'entreprise ? questionna-t-il, ignorant sa proposition.

— Il faut bien que quelqu'un s'en occupe le temps que l'avenir se précise, rassure le personnel, calme la banque. Que les gens, comme ces deux types hier, par exemple, aient un interlocuteur. Ce quelqu'un, dorénavant, ce sera moi. Au fait, je ne t'ai pas remercié d'être venu à ma rescousse, hier.

— Je ne pensais pas que tu l'aurais remarqué.

Elle le regarda, et son visage se radoucit dans un sourire. Si elle cherchait à le distraire, c'était réussi.

— Quelle est l'activité de l'entreprise au juste ? demanda-t-il, en s'efforçant de revenir sur un terrain de discussion neutre et, surtout, de chasser les images troublantes qui venaient de surgir à son esprit.

— Steven importait le genre de produits dont on n'a pas vraiment besoin mais que l'on achète pour se faire plaisir. Lors de son dernier voyage, il avait trouvé quelque chose qui l'avait franchement enthousiasmé. Il disait que, pour l'heure, c'était top secret mais que, dès qu'il irait mieux, il en « mettrait plein les yeux à tout le monde », selon ses termes.

« Et mon frère ne me regardera plus de haut », avait-il ajouté d'un ton amer.

— Peut-être a-t-il laissé des notes à ce sujet. As-tu regardé dans son bureau ? Ou dans son ordinateur portable ?

Elle le fixa avec des yeux ronds. Elle avait soigné l'homme qu'elle aimait pendant une maladie en phase terminale. Chercher des dossiers dans son bureau était bien la dernière chose qui lui soit venue à l'esprit !

— Quelqu'un d'autre connaissait-il ses projets, ou avait-il accès à ses fichiers informatiques ou ses dossiers ? reprit-il.

— Je l'ignore. J'aurais peut-être dû apporter son ordinateur portable, aujourd'hui. Quelle piètre femme d'affaires je ferai…

— Tu as le temps de faire tes preuves. Ce n'est déjà pas si mal que tu aies le courage d'aller au bureau, aujourd'hui… Nous pourrons chercher ensemble si cela peut te rendre service ?

— Ensemble ? Et pourquoi prendrais-tu cette peine ?

« Alors que tu n'as même pas daigné rendre visite à ton frère ces trois dernières années ? » sous-entendait la question.

— Je suis l'exécuteur testamentaire de Steve, lui rappela-t-il d'une voix éteinte, revenant brusquement à la case départ. Je vais devoir étudier de près ses affaires, essayer de trouver comment aller de l'avant. J'aurai besoin de ton concours. D'autant plus si tu comptes t'intéresser à la direction des affaires.

— C'est tout ce que j'ai. Si je veux assurer un toit et un avenir à mon fils, je n'ai pas vraiment le choix.

— Matty ne te paie donc pas un loyer pour l'appartement ?

— Juste une somme symbolique pour couvrir sa part de charges… Je suppose que le bail interdit toute forme de sous-location ? ajouta-t-elle, sardonique.

— Ne t'inquiète pas pour cela.

— Je doute que le propriétaire se montre aussi conciliant. Il nous faudra un certain temps pour trouver un autre logement. Ce n'est pas vraiment un problème pour moi, mais ce sera beaucoup plus délicat pour Matty. Bien sûr, tu ne t'inquiètes pas de son cas.

— Je m'inquiète pour toi et pour Toby.

— Tu n'as pas à t'inquiéter, Guy.

Il jeta un regard vers elle, cherchant à savoir si la jeune femme était sincère en disant cela.

— Nous en reparlerons quand tu m'auras expliqué ce que tu n'étais pas disposée à me dire devant Tom Palmer, d'accord ?

Francesca sentit de nouveau l'angoisse l'envahir. Elle avait espéré que Guy aurait oublié la cause de leur départ précipité de chez le notaire. Ce qui était parfaitement idiot de sa part.

Aussi idiot que d'avoir craqué devant lui. En voulant défendre Steven, elle avait failli laisser échapper son terrible secret.

Elle reconnaissait avoir été blessée du mensonge de Steve au sujet de la maison, et quelque peu déçue du peu d'argent qu'il lui laissait. Mais elle n'avait pas à se plaindre de la vie qu'ils avaient connue ensemble. Elle avait été choyée, dorlotée, enviée par nombre de ses amies.

Elle n'avait jamais douté de son amour pour Toby et elle. Alors il n'était pas question qu'elle autorise quelqu'un — et surtout Guy Dymoke — à l'accabler, le juger, le critiquer.

Elle n'aurait jamais dû laisser Guy la faire monter d'autorité dans sa voiture. Mais elle n'aurait fait que retarder le moment des explications. Guy n'aurait jamais abandonné.

Elle lui jeta un coup d'œil en coin. Maintenant qu'il avait bien précisé ce qu'il attendait d'elle, il se concentrait sur sa conduite, s'attachant à éviter les embouteillages des grandes artères en empruntant un dédale de raccourcis. Ses traits étaient fermés, impassibles, tout en lignes et en reliefs que sculptait la lumière tandis qu'il se faufilait d'une rue à l'autre. Un nez long et mince, un peu trop grand. Des pommettes comme elle avait pu en voir sur des frises romaines. Une bouche pleine, sensuelle et...

Guy soudain s'arrêta et fit un créneau pour se garer.

— Ah, tu m'as ramenée chez moi...

Puis elle comprit pourquoi et ajouta :

— Tu veux l'ordinateur de Steven.

Guy ne confirma pas, ne bougea pas, ne lui adressa même pas un regard. Une irrésistible appréhension s'empara de la jeune femme. Elle savait que s'il entrait, elle devrait tout lui dire. Et il lui en voudrait, elle en était sûre.

A juste titre d'ailleurs. Elle-même se méprisait tant.

— Guy ? insista-t-elle, en guise d'encouragement.

Il fixa un point dans le vague, les deux mains toujours agrippées au volant, et resta silencieux un long moment.

— Tout d'abord, je veux que tu saches que j'aimais mon frère, commença-t-il, d'une voix plus grave que d'habitude. Il t'aura sans doute dit que j'étais du genre autoritaire, que je voulais régenter sa vie, que j'avais tout et qu'il n'avait rien. Ces critiques étaient certainement justifiées. C'est vrai que j'ai eu un héritage de ma mère et qu'il a eu l'impression d'avoir moins d'importance, moins d'amour, moins de tout. La triste réalité, c'est qu'il était effectivement moins aimé par sa mère. Le fait qu'elle ne soit même pas venue à son enterrement en dit long sur la question. Elle a été totalement absente de la vie de Steve. Cette femme était dépourvue de tout instinct maternel, de toute gentillesse, et je lui en veux de ce qu'elle lui a fait. J'ai essayé de compenser ce manque auprès de Steve, mais rien n'a jamais pu combler le vide, le manque d'estime et de confiance en lui qu'elle avait provoqués. J'espérais qu'avec toi, avec Toby, tout cela pourrait enfin changer.

— Pourquoi es-tu resté à l'écart, alors ? risqua-t-elle d'une voix tremblante.

— J'étais le seul à connaître toutes les bêtises qu'il a pu faire. Et il en a fait. Chaque fois qu'il dérapait, j'étais là pour le prendre par la main et le remettre dans le droit chemin. Toujours à le pousser à faire quelque chose de sa vie, un peu comme une conscience qui le taraude. Et je lui en voulais de ne pas t'avoir épousée. Il le savait. Il disait que c'était ton choix, mais je connaissais Steve… C'est compliqué.

— Dans la vie, quand les choses sont compliquées dès le départ, elles ne font que le devenir davantage.

— Pour une fois, il disait la vérité, non ?

Le cœur battant, elle ne répondit pas et descendit de voiture.

— Il vaut mieux que nous rentrions.

D'une main tremblante, elle glissa la clé dans la serrure. Matty était en bas, en train de travailler, et Toby ne serait pas rentré de l'école avant une bonne demi-heure. Francesca regarda sa montre et se rendit dans la cuisine où Connie se préparait pour aller chercher Toby.

— Ah, Fran, tu es là. Veux-tu que je prépare le repas ?

— Non.

— Alors je vais chercher Toby. Je l'emmène au parc donner à manger aux canards et acheter une glace… Ou on peut rentrer directement si tu préfères ?

— Non, c'est bon, Connie. As-tu assez d'argent ?

Sans attendre de réponse, elle sortit un billet et le lui donna.

— Et inutile de te presser pour rentrer. Toby a bien mérité un petit plaisir.

Puis, comme si elle se sentait tenue d'expliquer pourquoi elle revenait avec un inconnu le lendemain de l'enterrement de Steven, elle ajouta :

— C'est le frère de Steven, Guy. Nous venons juste regarder quelques papiers… Guy, je te présente Connie, qui est à la fois notre femme de ménage et la nourrice de Toby. Je ne sais pas comment nous nous débrouillerions sans elle.

En les regardant échanger une poignée de main, elle se rappela ce qu'avait dit Matty à propos de Connie qui s'inquiétait pour son avenir.

— Est-ce qu'elle habite ici ? questionna Guy quand la porte d'entrée se fut refermée sur elle.

— Oui. C'est une chance que la maison soit si grande.

Maintenant qu'ils étaient seuls dans la cuisine, Francesca s'y sentait beaucoup moins à l'aise.

— Veux-tu du café avant que nous commencions ? proposa-t-elle pour combler le silence qui était tombé.

— Ecoute, je le fais pendant que tu vas chercher l'ordinateur de Steve, d'accord ?

— Toi ? s'étonna-t-elle, imaginant mal Guy faire du café. Je veux dire… Tu comptes travailler ici ? s'empressa-t-elle d'ajouter, se rendant compte de ce que sa remarque pouvait avoir de vexant.

— Je pensais que nous pourrions nous installer sur la table de la cuisine. Nous aurons tout l'espace nécessaire pour nous étaler. Alors que le bureau est un peu petit pour travailler confortablement à deux.

Elle avait presque oublié que Guy connaissait bien la maison. Il avait raison. Le bureau, aménagé dans un petit coin, n'était pas assez grand, à moins d'être prêt à y travailler en étroite proximité…

— Je vais le chercher, dit-elle. Le café est…

— Je me débrouillerai.

— Bien. Je n'en ai pas pour longtemps.

— Inutile de te presser. Je ne m'en irai pas avant d'avoir compris un certain nombre de choses, répliqua-t-il en la regardant dans les yeux.

Sans un mot, elle retira ses chaussures à talons hauts, les ramassa et grimpa rapidement à l'étage, en proie à une sourde angoisse.


Quand Francesca reparut, Guy avait trouvé le café et versait l'eau brûlante dans la cafetière. D'un coup d'œil il nota qu'elle avait troqué son tailleur noir contre un pantalon gris.

D'accord, elle était en deuil. Et elle avait trois ans de plus que la jeune femme pleine de vie qui avait ravi son cœur. Mais c'était comme si toute sa personne était en demi-teintes. Sa coiffure, sa tenue vestimentaire, son allure générale. Elle était bien trop disciplinée. Pas un cheveu ne dépassait, un maquillage impeccable. On lui aurait donné plutôt trente-cinq ans que vingt-cinq.

Elle alluma l'ordinateur, évitant de regarder Guy.

— Flûte ! La batterie est déchargée.

Il fouilla dans la mallette, en sortit le cordon électrique et le brancha dans la prise la plus proche.

— Quel est le mot de passe ? demanda-t-il quand apparut le message d'invite.

— Le mot de passe ? Mais je n'en ai aucune idée !

Étonné, il se demanda si c'était chose courante pour un couple vivant ensemble depuis trois ans…

Et puis cela ne le regardait pas ! Il essaya le message « mot de passe oublié », en espérant que Steve n'ait pas utilisé quelque chose de plus malin que le prénom de son fils. S'il s'agissait de chiffres et de symboles, ils n'avaient plus qu'à espérer que quelqu'un à son bureau le connaisse.

L'indice proposé fut « premier amour », et il se tourna instinctivement vers Francesca.

Elle se troubla légèrement, puis déclara :

— Je ne pense pas pouvoir revendiquer cet honneur ; d'ailleurs, utiliser mon prénom serait un peu simpliste, non ?

— Oui…

Il réfléchit. Premier amour… Et soudain, il eut comme une illumination. Il tapa un mot, et se vit proposer de nouveau l'indice. Il réessaya sans la majuscule, et ce fut le succès.

— Quel mot était-ce ?

— C'est « harry ». Écrit en minuscules.

— Harry ? Qui est Harry ?

— C'était un chiot que notre père lui avait offert pour ses cinq ans. Un petit épagneul roux et blanc. Un chien tout fou. Steve l'adorait.

— Mais… il ne m'en a jamais parlé.

Elle regarda l'écran, comme si elle prenait soudain conscience qu'il lui avait peut-être caché d'autres choses, moins anodines.

— Steve n'a jamais parlé à personne de Harry dès lors que son chien est mort, la rassura-t-il en voyant l'expression de tristesse qui venait de se peindre sur son visage. Il semble avoir voulu l'effacer de son esprit.

— Oh, dit-elle, en une sorte de sursaut. Comment est-ce arrivé ?

Il prit soudain conscience qu'il connaissait des choses sur Steve que Francesca aurait aimé entendre. Des anecdotes de son enfance.

Pas seulement les mauvais coups dans lesquels il avait trempé, mais les souvenirs du gamin attachant qu'il était.

— C'était pendant les vacances d'été, nous étions à notre cottage en Cornouailles. Notre père a dû le vendre depuis, en même temps que cette maison, à la suite de problèmes qu'il a eus, il y a quelques années, précisa-t-il, pensant qu'elle s'imaginait peut-être qu'ils possédaient toujours cette propriété.

Mais elle semblait être au courant de la faillite de cette banque qui avait ruiné leur père et avait fini par le tuer.

— Nous allions à la plage et Steve tenait Harry avec une de ces laisses que l'on peut bloquer mais qui permettent au chien de courir sans pour autant qu'on le lâche, reprit-il. Et crois-moi, Harry n'avait rien d'un toutou discipliné.

— Un peu comme son maître, alors.

— Tout à fait. Ils étaient d'ailleurs inséparables. Donc, ce jour-là, Harry s'est mis à courser brusquement un chat. Affolé, le matou a traversé la route, Harry l'a suivi et s'est retrouvé sous les roues d'une voiture.

— Mon Dieu !… Pauvre Steven, murmura-t-elle, portant à sa bouche une main tremblante. C'est horrible…

Guy fut surpris de sa réaction. Jusque-là, hormis son coup d'éclat chez le notaire, elle était restée parfaitement maîtresse de ses émotions. Elle était apparue blême et terriblement affectée le jour de l'enterrement mais n'avait versé aucune larme. Cette fois, il vit ses yeux s'embuer brusquement. Et sans savoir vraiment qui, d'elle ou de lui, en prit l'initiative, il se retrouva avec Francesca en pleurs dans les bras.

Ce fut un de ces moments doux-amers. La tenir contre lui, avec son chemisier pour unique barrière entre ses mains et le dos de Francesca… S'enivrer de son parfum, non plus en imagination, mais réellement…

Tout cela était doux, merveilleusement doux…

Mais il y avait la réalité cruelle, et il n'était pas dupe. La jeune femme pleurait sur la mort de Steve, qu'elle avait aimé, sur ce chagrin d'enfant qui voit son chien se faire écraser. Elle pleurait aussi sur son propre désarroi, en laissant enfin couler ces larmes qu'elle s'était jusque-là efforcée de retenir. Et n'importe quels bras accueillants auraient pu faire l'affaire, pensa-t-il amèrement.

Il se contenta donc de la tenir contre lui et de la laisser pleurer. Il ne dit rien. Qu'aurait-il pu dire ? Ces mots vides de sens que l'on prononce dans un tel cas ? *Allons, allons, ça va s'arranger…*

Non, les choses ne pouvaient pas s'arranger pour Francesca. Ni pour Toby.

Quant à lui, il devrait vivre désormais avec l'idée que c'était son égoïsme qui l'avait tenu éloigné de Steve depuis trois ans. Et cette constatation le serrait à l'étouffer.

Il avait dit la vérité à Francesca. Il pensait sincèrement que Steve serait mieux à même de s'épanouir s'il n'était pas à ses côtés, tel le défi permanent du grand frère qui a réussi. Mais ce n'était pas tout, il avait eu d'autres raisons, plus obscures, moins nobles : il ne supportait tout simplement pas de les voir ensemble. Il savait pertinemment que si elle n'avait pas été enceinte, il aurait tout essayé pour la conquérir…

— Désolée, s'excusa-t-elle contre son épaule. Je n'ai pas pu me contrôler.

— Ce n'est pas grave. Cela fait du bien de pleurer.

— C'est gênant quand cela vous arrive en public, marmonna-t-elle, en s'écartant enfin, mais sans le regarder tout à fait en face. Je suis vraiment désolée.

Désolée ? Etait-ce d'avoir pleuré ou de s'être abandonnée contre lui ?

Elle se frotta la joue de sa main, renifla, puis chercha des yeux une boîte de mouchoirs en papier.

— Je ne suis pas n'importe quel *public*, lui rappela-t-il. Steve était mon frère.

Il aurait voulu lui dire que lui aussi avait pleuré quand il s'était rendu compte de ce qu'il avait fait. Quand il avait compris qu'il ne pourrait plus jamais serrer Steve dans ses bras. Mais il savait que c'était inutile. Il lui tendit un mouchoir propre qu'il sortit de sa poche. Elle le prit avec un rictus qui aurait pu être autant un sourire qu'une grimace.

— Vous devez bien être les derniers hommes au monde, Steven et toi, à utiliser encore des mouchoirs en tissu, dit-elle avec un pâle sourire avant de se tamponner soigneusement les yeux puis de se moucher.

— Cela nous a été inculqué dès le berceau, ironisa-t-il en essayant de prendre un ton léger. Notre nourrice était de la vieille école. Tabliers amidonnés, une tartine de pain beurré pour le goûter, et au lit à vingt heures. Et à l'école, cela s'est encore renforcé. Les garçons devaient toujours avoir sur eux un mouchoir propre, une pièce pour le téléphone et une épingle de sûreté.

— Maintenant tous les gamins ont un téléphone portable. Mais au fait, une épingle de sûreté pour quoi faire ?

— Aucune idée. C'était peut-être pour que nous gardions cette habitude pour plus tard. Quoique j'imagine mal une femme accepter une épingle de sûreté pour rafistoler une bretelle de soutien-gorge qui aurait inopinément lâché.

Elle rit, et ce fut comme si le soleil était soudain apparu.

— Sait-on jamais. En cas d'urgence… Tout cela se passait en pension, je présume ?

— Oui. De huit ans jusqu'à dix-huit ans. Et ensuite, direction l'université. Mon père faisait partie de ces parents qui savent comment ne pas se laisser importuner par les enfants.

— Cela n'a pas dû être drôle tous les jours. Steven avait inscrit Toby à Eton dès sa naissance, mais je lui ai dit qu'il perdait son temps. Il n'était pas question que je l'envoie en pension.

— Toute la différence, c'est que Toby a une mère.

— Sans doute. Quel âge avais-tu quand la tienne est morte ?

— Quatre ans. Elle a fait une chute de cheval ; elle est morte sur le coup. La mère de Steve lui ressemblait beaucoup, et je me demande si elle n'a pas cherché à tirer parti de cette ressemblance. Plus tard, quand j'ai été suffisamment âgé pour que mon père m'en parle, il m'a dit que, vu qu'elle ressemblait à ma mère, il croyait qu'elle serait comme elle.

— Vous aviez beaucoup en commun, Steven et toi.

— Il était aussi tout jeune quand sa mère s'en est allée pour de bon.

— Pour de bon ?

— Oui, elle était du genre à papillonner. Elle avait mis le grappin sur un millionnaire — notre père — qui avait une maison à Londres et une propriété à la campagne. Elle ne se doutait pas qu'en fait, il passait le moins de temps possible à Londres. Il n'était pas dans ses projets, en tout cas, d'être mère et femme au foyer à la campagne.

— Apparemment, Steven n'avait personne dans sa vie de vraiment stable. Toi, il te considérait quasiment comme un dieu. Tu venais pendant les vacances, tu arrivais d'Eton, tout auréolé de prestige. Tu étais un modèle pour lui.

— J'aurais peut-être dû davantage essayer de me faire remarquer par mon indiscipline. D'être puni ou mis à pied. Lui n'a pas eu de mal pour cela.

— Tu étais donc si parfait ?

— Non, juste plus chanceux. Je ne me faisais pas attraper… Pourquoi ne t'es-tu pas mariée avec lui, Francesca ? demanda-t-il à brûle-pourpoint.

Elle ne répondit pas et entreprit de servir le café.

— Un peu de lait ? Du sucre ?

— Non, merci.

Elle ouvrit le réfrigérateur et versa un nuage de lait dans son café. Il comprit qu'elle cherchait simplement à gagner du temps.

Il ne la bouscula pas. Il savait qu'elle finirait par parler et se contenta d'attendre.

Au lieu de s'asseoir, elle prit sa tasse et se dirigea vers une petite véranda attenante, aménagée sur le toit de l'agrandissement qui avait été réalisé à l'étage inférieur. Prenant lui aussi sa tasse, il la suivit. Inondée de soleil, avec sa petite table et ses deux chaises, ses rangées de pots de fleurs et de plantes aromatiques, la véranda était incontestablement un plus pour la maison. Elle était soigneusement close et pourvue d'une barrière de sécurité qui protégeait l'accès au jardin en contrebas. Il y avait là une balançoire ainsi que des jeux d'enfants de couleurs vives.

— Son cadeau d'anniversaire, expliqua-t-elle, suivant son regard. C'était une idée de Steven. Nous avions prévu une petite fête…

Elle posa son café sur la table et s'appuya à la balustrade. Sans le regarder, elle ajouta :

— Il a fallu annuler.

Il songea qu'il aurait dû savoir que dire. Lui aussi avait connu cela, et cela le peinait qu'un autre enfant ait à subir la même déception. Il se jura que, cette fois, il serait là. Et qu'il ne laisserait jamais tomber Toby.

C'était ce que Steve attendait de lui, qu'il soit présent. Et il le serait.

Fran gardait toujours le silence. Il comprit qu'elle ne trouverait pas la force de lui dire la vérité, quelle qu'elle soit. Et le pressentiment que ce devait être quelque chose de terrible l'emplit peu à peu d'une irrésistible angoisse. Une idée surgit soudain à son esprit… Mais non, le gamin était tout le portrait de Steve. Ce ne pouvait pas être cela ! Mais qu'avait-elle donc de si épouvantable à cacher ?

Enfin, elle se retourna et le regarda dans les yeux :

— Je n'ai pas épousé Steven parce que j'étais déjà mariée, laissa-t-elle tomber dans un souffle.

# 4.

Un silence de plomb fit suite à cette déclaration.

Le cœur battant, Francesca attendait une réaction de Guy qui l'observait, imperturbable comme toujours.

Elle ne lui en voulait pas. Elle-même ressentait ce besoin de laisser cette nouvelle prendre le temps de se dissiper ; elle gardait ce secret si profondément enfoui en elle… Pour un peu, elle en aurait presque oublié cet épisode de sa vie qui remontait à ses dix-neuf ans, où, pendant quelques minutes face à un officier d'état civil, elle s'était livrée à une cérémonie qui lui paraissait vide de sens.

Tout cela lui semblait si lointain soudain, et comme appartenant à quelqu'un d'autre.

C'était seulement quand elle était tombée enceinte de Toby et que Steven lui avait demandé de l'épouser qu'elle avait vraiment pris la mesure de sa situation.

Et aujourd'hui, cette histoire resurgissait. Mais elle ne pouvait plus, cette fois, garder pour elle ce secret. Le silence de Guy, son immobilité absolue l'effrayèrent, et elle s'agrippa instinctivement à la balustrade pour se préparer à sa réaction.

Guy était abasourdi. L'aveu de la jeune femme résonnait encore dans sa tête. De la part de Steve, une telle nouvelle ne l'aurait pas vraiment étonné. Mais de Francesca…

Les questions se pressaient dans son esprit. Qui avait-elle épousé ? Quand ? Que s'était-il passé ? Elle devait être si jeune…

Une question s'imposa néanmoins à lui.

— Steve était-il au courant ?

Elle eut un imperceptible pincement de lèvres, et il devina la réponse avant même qu'elle secoue la tête.

Il passa les deux mains dans ses cheveux, regarda le ciel puis laissa échapper un long soupir. Et quand il put enfin surmonter la drôle de souffrance qui lui étreignait le cœur, il déclara avec un haussement d'épaules :

— Il t'a menti à propos de la maison. Finalement, vous êtes quittes.

Elle ne répondit pas.

Il ressentit brusquement le besoin de prétexter une obligation quelconque et de s'en aller.

Mais il ne bougea pas.

— Tu n'as jamais envisagé de divorcer ? demanda-t-il, remuant malgré lui le couteau dans la plaie. A moins que ce ne soit contre tes principes, aussi ?

— Ce n'était pas un vrai mariage, répliqua-t-elle sèchement.

— Ah bon ? Peut-être pourrais-tu m'expliquer la différence entre un vrai mariage et un qui ne l'est pas ? Ce sont des concepts que je maîtrise mal.

Elle se troubla mais lui tint tête vaillamment.

— C'était un mariage blanc. J'ai épousé un camarade étudiant quand j'étais en première année d'université. On devait l'expulser dans son pays, et il y aurait été en danger.

— Mais c'est…

— Je sais, c'est illégal. Mais chez lui son père avait été assassiné, sa mère était en prison, il était recherché… Du moins, c'est ce qu'il m'avait raconté. Il m'a fallu un certain temps pour me rendre compte qu'il mentait. Des étudiants crédules, comme moi, qui militaient pour les droits de l'homme et croyaient faire une bonne action ont été utilisés par des gens qui savaient comment profiter du système.

— Tu veux dire qu'il n'était pas étudiant ?

— Je l'avais aperçu sur le campus. Il en savait assez pour me faire croire qu'il étudiait le droit, et je n'avais pas lieu de mettre sa parole en doute.

— Il a bien fallu que tu vives avec lui ! Ou du moins, que tu fasses semblant !

— Seulement s'il y avait eu enquête des services de l'immigration. Et je ne pense pas qu'ils avaient les moyens de vérifier chaque cas. En fait, je ne l'ai jamais revu après que nous nous soyons séparés en sortant des bureaux de l'état civil. Lui, avec son certificat de mariage en poche pour prouver son statut aux autorités. Et moi, le cœur exalté par la bonne action que je croyais avoir accomplie.

— Tu n'as pas songé à prévenir la police quand tu as compris qu'il t'avait bernée ?

— Il m'a fallu un certain temps pour m'en rendre compte. Il m'avait dit qu'il devait aller à Londres régler des détails administratifs, et que cela demanderait sans doute plusieurs semaines. C'est simplement en ne le voyant pas revenir le trimestre suivant que je me suis inquiétée ; j'ai craint un moment qu'il ait été renvoyé malgré tout dans son pays, et je me suis renseigné auprès de la faculté de droit. Naturellement, personne n'avait jamais entendu parler de lui. J'ai très vite compris de quoi il retournait. Et comme je savais que j'avais fait quelque chose d'illégal, et que je risquais, dans le meilleur des cas, d'être expulsée de l'université pour l'exemple, j'ai préféré ne plus y penser et faire comme si cela ne s'était jamais passé. Et je me suis dit que je résoudrais le problème quand j'aurais terminé mes études… Bien sûr, je ne l'ai jamais fait. J'avais d'autres chats à fouetter, et je n'avais pas l'argent nécessaire pour le faire rechercher. Et puis, cela ne me semblait plus si important.

— Et ensuite, tu as rencontré Steve.

— Oui. Et même là, je n'y ai vraiment songé que lorsque je suis tombée enceinte et que Steven, tout heureux, a voulu aussitôt que l'on se marie. J'ai consulté un avocat, mais comme je ne savais absolument pas comment retrouver l'homme que j'avais épousé, il m'a conseillé d'attendre les cinq années nécessaires pour engager une procédure de divorce sans consentement du conjoint.

— Pourquoi ne l'as-tu pas dit tout simplement à Steve ?

— Tu ne comprendrais pas…

— Dis toujours.

— C'était difficile.

— J'imagine.

Une expression de tristesse et de douleur traversa alors le regard de la jeune femme.

— Steven m'adorait, Guy. Il me mettait sur un piédestal… Ce n'est pas un endroit où il fait bon se trouver.

— Surtout quand on ne mérite pas d'y être.

Elle se hérissa.

— Je savais que tu ne comprendrais pas ! Oh, toi, cela te va bien de nous regarder de haut avec tes grands principes !

Il allait protester qu'il n'était pas ainsi, mais se ravisa : elle n'avait peut-être pas tout à fait tort après tout…

— Puis-je faire quelque chose pour t'aider ? Essayer d'arranger la situation ?

— C'est un peu tard, tu ne crois pas ? De toute façon, ce n'est plus nécessaire. Le délai de cinq ans est révolu, depuis quelques mois.

Il en ressentit un étrange soulagement.

Francesca se tourna de nouveau vers le jardin.

— Quelle ironie que Steven ait voulu que l'on se marie. C'était aussi mon intention. J'avais prévu de l'emmener sur une île, et de lui avouer la vérité… Peut-être a-t-il trouvé la brochure que j'avais apportée à la maison et a-t-il cru que je l'avais laissée traîner à dessein.

— Tu étais donc si sûre qu'il dirait oui même en connaissant la vérité ? répliqua-t-il de façon brutale. Ou bien tu comptais ne pas trop t'étendre sur les détails ?

En voyant sa mine se décomposer, il aurait donné n'importe quoi pour ravaler ses paroles.

— Malheureusement, il n'était pas possible que le mot « divorcée » n'apparaisse pas sur le certificat de mariage, continua-t-elle sans répondre à ses questions. Et puis, je voulais redescendre de mon piédestal, souder notre couple. J'envisageais un petit frère ou une petite sœur pour Toby.

Elle était de nouveau sur le point de pleurer mais parvint à se contenir et, d'un geste qui embrassait la maison et le jardin, murmura :

— C'est à cause de tout cela, Guy. Il s'est cru obligé de me donner tout cela pour me garder. Il m'aura fallu longtemps pour le comprendre. Il avait le droit de savoir, d'être rassuré, de pouvoir se dire que je ne l'aurais jamais quitté…

— Et maintenant ? demanda-t-il d'une voix tendue.

— Maintenant, je pense qu'il est temps de me mettre au travail. J'aimerais quand même passer au bureau, aujourd'hui.

Puis, sans un mot, elle se dirigea d'un pas décidé vers l'intérieur de la maison.

Après quelques secondes, il ramassa les tasses de café auxquelles ni l'un ni l'autre n'avaient touché et la rejoignit dans la cuisine.

Elle avait également descendu la serviette de Steven et commençait à en vider le contenu sur la table, la tête baissée dans l'espoir de cacher les larmes qui baignaient à présent ses joues.

— Tu pourrais t'occuper de l'ordinateur portable, peut-être ? suggéra-t-elle d'une petite voix.

— Si tu veux.

— Plus tôt ce sera fait, plus vite tu seras libéré.

L'arrivée soudaine de Toby le dispensa de répondre. Après avoir traversé le hall en courant, le petit garçon venait de s'arrêter brusquement à quelques mètres, tout intimidé.

— Je suis désolée, s'excusa Connie. Il a plus voulu voir les canards quand il a su que son oncle Guy était là… Euh, je n'aurais pas dû dire ça ? bredouilla-t-elle, face à l'expression de Francesca.

— Pas de problème, s'empressa de répondre Guy. Salut, Toby, ajouta-t-il en lui souriant, plus ému qu'il ne l'aurait cru. Si j'avais su que je te verrais aujourd'hui, j'aurais apporté ta balle.

— Tant pis. Je peux jouer avec ça ? s'enquit l'enfant, s'approchant d'un pas pour lorgner l'ordinateur.

— Bien sûr ! répondit-il aussitôt, avant que sa mère n'intervienne et ne trouve un prétexte pour éloigner son fils du *vilain monstre* qu'il était.

Il tendit la main à Toby pour qu'il s'approche. Mais, sans se faire prier davantage, celui-ci grimpa sur ses genoux.

— Et maintenant, petit génie en herbe, voici ce que nous allons faire. Nous allons copier quelques fichiers. Comme cela, je pourrai les emporter chez moi pour les examiner et laisser ta maman se reposer. Tu veux bien m'aider ?

— Je peux ?

— Evidemment.

L'enfant leva vers lui un regard émerveillé qui l'emplit d'une irrésistible bouffée d'émotion.

Guy prit un CD vierge dans la mallette de l'ordinateur, mais au moment de le donner à Toby, devant l'état de ses mains, il se ravisa.

— Tu n'as qu'à appuyer sur ce bouton, d'accord ?

Quand le tiroir sortit, il mit le disque en place.

— Et maintenant, pousse-le jusqu'à ce qu'il se referme… Doucement.

Toby dut s'y reprendre à plusieurs fois pour y parvenir, puis regarda Guy, tout fier d'avoir réussi.

— Très bien. A présent, je vais prendre ton doigt… et nous allons appuyer sur cette touche. Juste une fois. Légèrement.

Une liste de fichiers apparut à l'écran.

— Oh !

— Cela te plaît ? On recommence ?

Après avoir répété la manœuvre une demi-douzaine de fois, ils avaient copié plusieurs fichiers. Cela nécessita plus de temps que s'il l'avait fait lui-même, mais pas un instant il ne pensa qu'il perdait son temps ou que l'enfant l'ennuyait.

Quand ils eurent terminé, il leva la tête et s'aperçut que Connie et Francesca les observaient, subjuguées.

— Qu'y a-t-il ?

— Oh, rien, fit Francesca. C'est simplement qu'en général, on ne laisse pas les jeunes enfants jouer avec des machines qui valent plusieurs milliers de livres.

— Ah bon ? Pourtant, ce n'était pas difficile. Et d'abord, nous n'étions pas en train de *jouer* mais de *travailler*.

— Bon. Et si nous passions à la suite, maintenant ? Connie, notre petit génie en herbe aurait peut-être besoin d'une sieste, non ?

Guy reposa l'enfant au sol.

— Vas-y, mon bonhomme. La prochaine fois que je viens, je t'apporte ta balle.

— Tu joueras au foot avec moi ?

Au foot… Steve aurait peut-être préservé son ordinateur des doigts poisseux de son fils, mais nul doute qu'il aurait joué toute la journée au foot avec lui ! A cette pensée, son cœur se serra. Qui serait là maintenant pour Toby s'il disparaissait de nouveau à l'autre bout de la terre ?

— Je veux bien, oui, répondit-il d'une voix rauque.

Et quand Toby, radieux, lui sauta au cou, ce fut son tour de refouler des larmes.

Après que Guy fut parti et Toby couché, Fran remonta l'ordinateur et les dossiers dans le bureau de Steve. Si elle s'était écoutée, elle serait restée là, à pleurer tout son soûl ; mais qu'est-ce que cela lui aurait apporté ? Alors elle s'arma de courage et entreprit d'examiner les documents.

Son statut de femme adulée et préservée venait de prendre fin. Elle allait devoir se battre avec les réalités de la vie.

Guy, quant à lui, se rendit à son bureau. Il commença par prendre connaissance de ses messages. L'un d'eux émanait des deux types qu'il avait rencontrés à l'enterrement. Il les rappela aussitôt et découvrit, non sans surprise, qu'ils ne réclamaient pas d'argent mais souhaitaient acheter une option qu'avait négociée Steve pour importer de Chine des articles de soie. La situation semblait s'améliorer. Il leur promit d'étudier leur demande.

Ensuite, il s'enferma dans son bureau, avec pour consigne de n'être pas dérangé. Il démarra son ordinateur et y inséra le disque comportant les dossiers qu'il venait de copier. Puis il sortit la lettre de son frère, remise par le notaire, et la posa bien en évidence sur son sous-main.

Si les révélations de Francesca pouvaient faire songer à une grenade, cette lettre avait tout d'une bombe à retardement. Il la lirait plus tard. D'abord, il voulait se faire une idée plus précise de la gravité de la situation. Si Steve avait racheté son assurance-vie, ladite situation ne devait pas être brillante…

Il passa ainsi tout l'après-midi à examiner les finances de l'entreprise, ce qui ne l'incita guère à l'optimisme.

Au début, l'affaire avait bien marché. Grâce à l'apport d'argent frais avancé par Guy, elle avait dégagé suffisamment de bénéfices pour permettre à Steve le train de vie fastueux auquel il aspirait pour Francesca et lui-même. Mais en cette période de récession, elle parvenait tout juste à payer le personnel. Comme Guy s'en doutait, Steven avait racheté son assurance-vie pour combler une partie de son découvert et faire patienter sa banque. Mais sans réduire pour autant ses dépenses personnelles.

Et au cours des six derniers mois, pendant la maladie de Steve, l'entreprise n'avait fait que tourner au ralenti, grâce à de simples renouvellements de commandes.

Il était sans doute possible de la sauver. Mais ce serait au prix de coupes sévères, et avec quelqu'un à la barre sachant ce qu'il faisait. Peut-être était-ce l'occasion pour Francesca d'exercer là ses dispositions pour le commerce ?

Pour ce qui était des dépenses personnelles, les plus élevées — le loyer, les diverses taxes et charges — étaient incompressibles. Il y avait également Connie à payer, l'école privée de Toby. Maintenir Francesca sur son piédestal revenait cher ! ne put-il s'empêcher de penser avec cynisme.

C'était une bonne chose qu'elle soit disposée à en descendre.

Enfin, n'y tenant plus, il décacheta la lettre de Steve et s'installa confortablement dans son fauteuil.

Elle était manuscrite et, à sa lecture, il lui sembla entendre son frère aussi distinctement que s'il s'adressait à lui, assis à son côté.

« Guy, si tu lis cette lettre, c'est que j'aurai cassé ma pipe avant d'avoir pu faire certaines mises au point et, comme toujours, c'est toi qui vas venir arranger les choses. Heureusement que tu en as une si grande habitude.

» Tu sais déjà ce que je te demande de faire. Et tu vas enfin savoir pourquoi. Je veux que Toby ait deux parents. Qu'il soit aimé par quelqu'un qui sait ce que j'ai vécu et empêchera que cela lui arrive aussi, un jour. Fran ne verra peut-être pas les choses ainsi, mais je la laisse complètement démunie.

» La première année, tout s'est bien passé, mais tu me connais, je ne tiens pas mes promesses dans la durée. J'aurais aimé pouvoir être à la hauteur de Fran. Franchement, cela a presque été un soulagement pour moi quand, un jour, j'ai ouvert une lettre d'un avocat et découvert qu'elle avait été mariée par le passé. J'ai été en quelque sorte heureux d'apprendre qu'elle n'était pas si parfaite… Je ne lui ai jamais dit que j'étais au courant pour son mariage. D'autant que ce que je lui cachais était bien pire — la maison, tout l'argent que je dois…

» Prends soin d'elle, Guy. Et de mon petit Toby. Le devoir, l'honneur… Tu es beaucoup plus à l'aise que moi avec ces choses-là, et elle aussi. Je sais qu'elle fera ce qu'il faut faire.

» Je n'ai pas été le compagnon idéal, je suis le premier à l'admettre. Mais elle a toujours été loyale et fidèle. Je ne la méritais pas.

» Bon, cela devient difficile pour moi d'écrire maintenant, et je veux terminer avant qu'elle rentre. Fais en sorte qu'elle accepte mes dernières volontés. Dis-lui que c'est pour Toby. Cela devrait passer. Et si elle n'est toujours pas d'accord, parle de Matty et Connie. Sans elle, elles seront vraiment embêtées.

» Pour ce qui est de l'argent, Guy, pardonne-moi. Pour être franc, je n'en reviens toujours pas de t'avoir bluffé aussi facilement. D'habitude, tu es un peu plus malin. A vrai dire, je crois que je n'aurais même pas essayé si je n'avais pas vu la façon dont tu as regardé Fran, ce soir-là. Toi qui, en général, es si habile à cacher tes sentiments, tu avais les yeux qui brillaient chaque fois que tu la regardais… Je peux t'avouer maintenant que cela m'a fichu la frousse ; je suis un minable, je ne méritais pas une femme comme elle, alors que toi… Je ne pouvais pas prendre le risque que tu reviennes. C'est pourquoi j'ai provoqué cette dispute entre nous. Je peux te dire, frangin, que ton coup de poing m'a fait mal. Mais c'était le prix à payer pour te tenir à l'écart.

» Tu ne peux pas savoir à quel point tu m'as manqué.
Steve. »

— Idiot, dit doucement Guy, les larmes aux yeux. Toi aussi tu m'as manqué.

Il laissa la lettre sur le bureau et se leva. Il avait besoin de réfléchir. Besoin d'air.

Il sortit et prit à pied la direction de Green Park. Mais Green Park était trop petit pour calmer un tant soit peu le désir qui le brûlait de faire ce qu'avait demandé son frère. Déplacer des montagnes, détourner des fleuves, changer le monde pour Francesca Lang.

Il ne faisait aucun doute qu'elle était dans une situation désespérée. Peut-être n'en avait-elle pas pris encore toute la mesure, mais elle n'avait ni maison, ni argent, ni emploi ; juste une entreprise malade que l'on aurait abattue s'il s'était agi d'un cheval.

Il ne faisait aucun doute non plus qu'elle n'apprécierait pas qu'il s'immisce dans sa vie après une absence qu'elle croyait due à du mépris de sa part. Elle le détestait, et il ne pouvait guère lui en vouloir. Il pouvait lui montrer la lettre. Lui expliquer. La tentation d'être absous, d'être réhabilité à ses yeux, lui apparut comme irrésistible. Mais Steve s'en trouverait diminué. Et cela mettrait au grand jour les sentiments qu'il éprouvait pour Francesca.

Et elle n'avait pas besoin de cela. Il fallait qu'elle puisse penser qu'il allait l'épouser uniquement par devoir et parce qu'il se sentait coupable. Elle avait déjà eu trop d'émotions ces derniers mois. Il était inutile d'en rajouter.

Fran remplit deux verres de vin et en donna un à Matty.

— J'espère n'avoir jamais à revivre une journée comme aujourd'hui, soupira-t-elle en levant son verre.

— Ah… Et qu'y a-t-il eu de si pénible ?

— Tu veux vraiment la vérité ?

— J'aimerais autant, oui.

— Eh bien, la bonne nouvelle, c'est que je n'aurai pas à vendre la maison pour acquitter les droits de succession.

— Ça, c'est une bonne nouvelle. Et la mauvaise ?

— Je n'aurai pas à la vendre parce que Steven n'en était pas propriétaire.

Matty regarda sa cousine sans rien dire, et Fran regretta de n'avoir pas gardé la nouvelle pour elle.

— Je croyais qu'il l'avait achetée à Guy.

— C'est ce que Steven m'avait dit, oui. Mais apparemment, ce n'était pas tout à fait la vérité. La maison a bien appartenu aux Dymoke, mais elle a été vendue par leur père, il y a quelques années. C'est par pur hasard qu'elle se soit trouvée à louer à l'époque où nous cherchions un logement.

Matty avala son vin de travers et laissa échapper un juron.

— Que pense Guy de tout cela ?

— Cela ne le regarde pas, Matty.

— Ecoute, je ne veux pas paniquer ni t'inquiéter, mais tu auras besoin de quelqu'un à tes côtés…

— Pas lui !

— Qui d'autre, alors ?

— Tu ne comprends pas…

— Si, je comprends très bien. Guy Dymoke est le diable en personne. Celui dont on ne doit jamais prononcer le nom. Franchement, on croirait que vous avez eu une aventure torride, tous les deux, ou…

— Certainement pas ! la coupa vivement Francesca tout en rougissant violemment. On ne s'est rencontrés qu'une seule fois, ajouta-t-elle plus posément. Quand nous avons dîné avec lui, Steven et moi, pour lui annoncer que nous allions vivre ensemble. Et avoir un bébé.

— Oh, mais je ne t'en aurais pas voulu. Il est rudement beau. J'ai bien essayé de lui faire du charme, mais en pure perte. Je l'ai senti… distrait.

— Distrait ? Par qui ? répliqua impulsivement Francesca. Quoique je m'en moque, s'empressa-t-elle d'ajouter. Et s'il avait envie de flirter, le jour de l'enterrement…

— Ai-je dit qu'il flirtait ? Il était *distrait*, c'est tout.

— Il se sentait coupable, plutôt. Guy et Steven avaient des relations conflictuelles. Guy pensait que nous aurions dû nous marier et il en a voulu à Steven. Il croyait que c'était lui qui refusait le mariage… Au moins, j'ai pu rétablir la vérité dans ce domaine.

— Tu lui as dit ? Tu lui as parlé de ton mariage ?

— Il a bien fallu.

— Ah, je vois… Et lui, est-ce qu'il t'a expliqué son silence durant ces trois dernières années ?

— Non. Mais à mon avis, il doit regretter de n'avoir pas essayé de se réconcilier avec son frère.

— Comment sais-tu qu'il n'a pas essayé ? Steven avait peut-être ses raisons, de son côté, pour n'avoir pas envie qu'ils se voient. Il lui devait sans doute de l'argent.

Francesca ne répondit pas.

— Il lui devait de l'argent, c'est bien ça ? répéta Matty.

Et à l'inquiétude de sa voix, Francesca devina que sa cousine commençait à redouter de se retrouver sans foyer.

— Non. Bien sûr que non, répondit-elle. Et j'ai la ferme intention de remettre l'entreprise sur les rails dans les plus brefs délais. Tout ira bien, Matty, ne t'inquiète pas.

— J'aimerais mieux avoir un toit au-dessus de ma tête.

— Je suis désolée pour tous les frais que tu as engagés. Je sais que…

— Tu n'as pas à être désolée, l'interrompit Matty, lui prenant la main. Ne te sens pas responsable. De toute façon, j'aurais quand même fait ces travaux. Où aurais-je pu aller, sinon ?

*Ne te sens pas responsable…* Pas si facile… Si elle avait été un peu plus vigilante, elle n'en serait pas là aujourd'hui.

— Et le bail, de quelle durée est-il ? Le notaire a-t-il donné des précisions à ce sujet ? poursuivit Matty qui ne semblait pas pour autant rassurée.

Tom Palmer n'avait guère été bavard. Sans doute avait-il caché plus de choses qu'il n'en avait révélées. Elle avait bien remarqué le regard entendu qu'il avait échangé avec Guy, un regard qui semblait dire : « Nous en reparlerons plus tard, quand il n'y aura plus avec nous cette femme qui risque de nous gêner dans nos décisions. »

Francesca adressa néanmoins un sourire rassurant à Matty.

— Il n'y a pas lieu de s'inquiéter. Guy a dit qu'il veillerait à tous les détails.

Elle n'aurait juste qu'à l'épouser.

— Il n'est donc pas si mauvais.

— En fait, je ne sais pas. Par moments, je suis persuadée qu'il me hait, et à d'autres, il est tellement gentil avec Toby…

— Ne le repousse pas, Fran. Toby aura besoin de quelqu'un de bien, qui soit là, à ses côtés.

— Comme il l'a été pour Steven ? lança-t-elle, amère.

— Tu ne connais de l'histoire que la version de Steven… Et puis, c'est un proche parent, Fran. Il est le frère de Steven, l'oncle de Toby. Et pour ne rien gâter, il n'est pas franchement laid… C'est le genre d'homme dont on partagerait volontiers le canapé quand il n'y a rien, le soir, à la télé…

— C'est un peu prématuré pour penser à ça !

— Pour toi, peut-être. Pas pour moi… C'est bon ! s'esclaffa Matty. Je te promets de bien me tenir.

— Oh, ne t'inquiète pas pour moi, répliqua Francesca, avec un petit rire forcé. S'il peut t'emmener avec lui et t'offrir le luxe et l'abondance, je serai bien contente.

— Toi, peut-être. Mais moi, j'aimerais mieux un homme qui soit un peu plus souvent présent. Mais trêve de plaisanteries. Il y a Toby. Et Connie. Et ce chat abandonné que tu nourris avec ce qui se fait de mieux en matière de nourriture pour chats.

— Il y a plein d'autres personnes qui le nourrissent dans la rue ! Et puis je ne crois pas être prête à sacrifier ma vertu pour un chat !

72

— Excuse-moi, Fran. Je dois être un peu plus énervée que je croyais.

— Tout ira bien, Matty. J'en parlerai à Tom Palmer. Au besoin, il pourra servir de médiateur auprès du propriétaire. Il n'y a pas de raison que l'on nous résilie le bail. J'étais la compagne de Steven, après tout. Il doit bien y avoir moyen, légalement, de transférer le bail…

— Soit. Mais ce serait bien que nous soyons fixées assez rapidement sur le sujet. J'aimerais pouvoir dormir sur mes deux oreilles. Et en attendant, il va falloir revoir nos arrangements. Il n'est plus possible que je te paie seulement mes charges personnelles.

— Oh, quelle histoire ! Tu ne peux pas imaginer comme je suis désolée…

— Assez, Fran. Ce n'est pas de ta faute, la rassura Matty. Et puis, je commence à remonter la pente… Alors, dis-moi, comment ça s'est passé, ce matin, au bureau ? questionna-t-elle, changeant délibérément de sujet.

— Je n'y suis pas allée finalement. En sortant de chez le notaire, nous sommes venus ici.

— Nous ?

— Guy et moi, précisa-t-elle, faisant naître un léger haussement de sourcils chez Matty. Nous avons pensé qu'il valait mieux regarder d'abord dans les affaires de Steven. Guy a copié quelques fichiers de son portable qu'il a emportés chez lui…

— Je ne comprends pas.

— Il est l'exécuteur testamentaire de Steven, lui expliqua Francesca. Mais il n'y a plus grand-chose à faire. La semaine dernière, j'ai réglé tout un tas de factures par chèques, notamment les frais de scolarité de Toby. J'espère que la banque va les honorer. Elle sera peut-être un peu moins indulgente avec le découvert maintenant que Steven est mort.

— A ta place, je laisserais le notaire négocier lui-même la question avec la banque.

— Non, Matty. J'ai vécu dans un monde irréel. Je me suis laissé porter par la vie au lieu de me prendre en main. Nous avons un bail, certes, mais je crains qu'il ne porte sur une maison de papier, une maison qui risque fort de s'envoler si je ne fais rien pour l'en empêcher.

— Et que comptes-tu faire ?

— En fait, j'ai un programme en trois volets. Premièrement, je me rends à la banque lundi pour me faire une idée précise de la situation. Quoi qu'il en soit, il me faudra limiter les dépenses au strict nécessaire. Plus question pour moi, par exemple, d'aller au club de gym, dit-elle, esquissant un sourire. Désormais, pour entretenir ma forme, ce sera le jogging au parc. Ensuite, je vais devoir trouver ce qu'avait en tête Steven quand il est tombé malade. Il disait avoir un projet qu'il réaliserait quand il irait mieux.

Et elle ne l'avait pas pressé et ne lui avait posé aucune question. Elle n'avait pas voulu trahir le fait qu'elle savait qu'il ne guérirait pas...

— J'ai fouillé dans ses papiers pour essayer de voir ce dont il s'agissait, mais je n'ai trouvé que des papiers écrits en chinois, reprit-elle.

— Tu peux toujours essayer de les faire traduire au restaurant chinois du quartier... Excuse-moi, Fran. Tu ne dois pas être en état d'apprécier l'ironie. Et le dernier volet de ton programme ?

Epouser Guy Dymoke.

— Acheter un billet de loto !

# 5.

Il était simple pour Francesca d'annoncer qu'elle avait décidé de prendre sa vie en main. Il était beaucoup moins facile de regarder le monde en face à huit heures du matin, surtout quand il semblait s'être entassé presque tout entier avec elle dans le métro !

Avant de rencontrer Steven, elle s'était frottée à un emploi dans le marketing pendant deux ans. L'expérience n'avait guère été enthousiasmante. Ses idées n'avaient pas suscité le délire et, en tant que benjamine de l'équipe, elle s'était vite retrouvée préposée à la préparation du café et aux photocopies. Aussi Steven n'avait-il pas eu trop de difficultés à la convaincre de ne pas retenter sa chance après la naissance de Toby. Dans l'entourage de Steven, les épouses ou les compagnes de ses relations professionnelles ne travaillaient pas, et l'habitude avait été vite prise de fréquenter les salles de gymnastique avec elles, de multiplier sorties et dîners. De s'imaginer qu'elle avait une vie pleine, riche et gratifiante.

Qu'elle était heureuse en fait. Steven l'aimait, était le père de Toby. Ils formaient une famille, et elle n'aurait jamais rien fait qui aurait pu les séparer. Même s'il lui était arrivé certains jours d'étouffer dans ce cocon trop protecteur…

Mais désormais, elle allait garder résolument les pieds sur terre et ne plus avancer dans la vie avec des œillères ! En sortant de sa station, elle redressa les épaules et rajusta sa veste pour se donner du courage.

Heureusement, elle n'aurait pas à affronter le personnel immédiatement. Elle disposait d'une heure avant que quiconque arrive. Une heure pour fouiller dans le bureau de Steven et, qui sait, dénicher quelque autre secret qu'il lui aurait caché. Une heure pour s'installer à son bureau et donner l'impression qu'elle y était à sa place, et peut-être trouver l'idée de génie qui lui faisait encore défaut. Sinon, se dit Francesca en déverrouillant la porte, il lui faudrait improviser…

Elle venait de pousser le battant et retirait la clé de la serrure quand elle entendit ouvrir un tiroir dans la minuscule pièce qui servait de bureau à Steven.

Son cœur fit un bond dans sa poitrine. A cette heure aussi matinale, il ne devait y avoir personne ; et encore moins dans le bureau de Steven.

Le bruit d'un juron lui parvint et elle reconnut aussitôt la voix. Après avoir refermé la porte sans bruit, elle se dirigea vers le bureau.

Guy semblait avoir passé la nuit là. Hirsute, le visage bleu par la barbe naissante, l'air épuisé, il dégageait une redoutable sensualité. Elle avait surmonté le choc de le revoir à l'enterrement parce qu'elle était dans un état second, ce jour-là. Mais son arrivée l'avait cependant terriblement ébranlée, et sa présence mettait sérieusement à mal ses défenses. Elle arrivait à les reconstruire en se montrant froide et distante à son égard, mais le voir ainsi les fit de nouveau complètement s'effondrer. Tout comme la première fois, quand elle était entrée dans ce restaurant et avait senti son cœur chavirer…

Elle s'était dit alors que c'était absurde. Que ses sens s'étaient affolés. Que Steven était le père de son enfant. Qu'il était gentil, drôle, prévenant, et qu'elle l'aimait…

Mais tout cela était si loin…

A voir Guy ainsi épuisé, elle résista à l'envie d'aller vers lui, de l'enlacer et de le réconforter, comme il l'avait fait pour elle, la veille…

Mais mieux valait oublier cette idée ridicule. Il la méprisait bien assez sans qu'il croie qu'elle était prête à se jeter à sa tête uniquement pour résoudre ses problèmes financiers.

— Qu'y a-t-il, Guy ? demanda-t-elle tandis qu'il refermait un tiroir. Tu n'as pas trouvé ce que tu cherchais ?

Il ne l'avait pas entendue entrer et sursauta, gêné, au son de sa voix. Au moins eut-elle la satisfaction de le voir complètement déconcerté pour une fois.

— Steve n'était pas du genre à garder des traces de ses affaires en cours, j'ai l'impression. Et à mon avis, c'était volontaire. Il ne tenait pas à savoir trop précisément les risques qu'il prenait… Quelle heure est-il ? demanda-t-il, après s'être passé les mains dans les cheveux puis sur le visage.

— Un peu plus de huit heures… Peut-être pourrais-tu m'expliquer comment tu es entré ici ?

Au moment où elle posait la question, elle avisa le trousseau de clés sur le bureau et s'en empara. Puis elle le tint devant elle entre le pouce et l'index et l'agita sous son nez.

— Comment t'es-tu procuré cela ? Par le notaire ? Je croyais que la société m'appartenait, maintenant.

— Elle t'appartient en effet, confirma-t-il d'un ton las. Et je ne l'ai pas eu par le notaire.

Les précisions espérées se faisant attendre, elle reprit :

— Alors ? Tu t'es servi directement dans la serviette de Steven ? Tu as décidé de ne rien demander à la pauvre veuve éplorée qui n'aurait pas été capable de penser par elle-même ?

— Non. Tu ne…

— Je ne comprends pas, c'est ça ?

Cette fois, il ne prit même pas la peine d'essayer de s'expliquer.

— Alors, Guy ? Cherches-tu à me dire que c'est encore pire que je ne l'imagine ? Je vois mal comment ce pourrait être pire... Quoique... Ne me dis pas que Steven n'était pas propriétaire de cette entreprise ?

Et comme il ne répondait pas, elle ajouta :

— Formidable ! Tu étais garant également de sa société ?

— Non. Je l'ai aidé à payer le loyer quand il a eu besoin d'un local. Juste pour lui mettre le pied à l'étrier.

— Donc, j'avais raison : Steven était un homme de paille, et toi, son seul et unique soutien ! Pourquoi être parti et l'avoir laissé se débrouiller seul alors ?

— Il n'avait plus besoin de moi, Francesca. Marié ou non, il t'avait, toi. Il était inutile que je reste près de lui. Je te l'ai déjà dit.

— Tu me l'as dit, en effet. Mais lui ? Que pensait-il de tout cela ?

— Oh, sois sans crainte, cela lui convenait parfaitement !

Francesca n'insista pas, ne demanda pas pourquoi. Elle ne voulait surtout rien savoir de plus pour le moment.

Se sentant un peu faible sur ses jambes, elle se laissa tomber sur une chaise, et pendant un moment, elle n'entendit rien d'autre que le battement sourd de son pouls résonnant à ses oreilles.

Après ce qui semblait être une éternité, Guy demanda :

— Ça y est ? Tu as terminé ?

— Oh pardon ! Je ne t'ai pas laissé t'exprimer. Tu me parlais des clés ? ironisa-t-elle.

— J'ai eu un appel de Brian Hicks, hier ; il m'a demandé de venir le voir ici.

— Le chef du bureau de Steven ? Comment connaissait-il ton numéro ? Pourquoi ne m'a-t-il pas appelée, moi ? Et toi, pourquoi ne l'as-tu pas fait ?

— Il était tard.

— J'ai le droit de veiller, le soir, Guy ! Je suis une grande fille et...

— Je pensais que tu voudrais rester avec Toby, l'interrompit-il pour couper court à son sarcasme. Et je comptais t'en parler, ce matin.

— Très bien. Parlons-en, alors.

— J'ai fait sa connaissance à la réception chez toi, après l'enterrement. Quelque chose semblait le préoccuper. Aussi, je lui ai donné ma carte et je lui ai demandé de m'appeler s'il avait besoin que des décisions urgentes soient prises.

— Charmant. Manifestement, il ne vous est pas venu à l'idée, à l'un comme à l'autre, que je puisse être intéressée par la question.

— Cela ne s'est pas passé ainsi. Il ne savait trop que faire. Il pensait que, pendant quelque temps, tu...

— Quoi ? Que je pleurerais Steven ? Je l'ai pleuré intérieurement en assistant à son agonie ! Et tout ce que je ressens, maintenant, c'est... c'est le soulagement qu'il ne souffre plus. Désormais, je dois songer à Toby, à Matty, à Connie, aux gens qui travaillent ici et comptent sur moi !

— Alors tu n'as pas à t'inquiéter pour M. Hicks. Il m'a donné ses clés et ceci, dit-il, poussant vers elle une enveloppe. C'est sa lettre de démission. Il m'a chargé de te dire qu'il était désolé, mais qu'il avait trouvé un autre emploi.

— Déjà ? répliqua-t-elle, atterrée.

— Apparemment, il cherchait depuis quelque temps.

— Au risque de te paraître paranoïaque, j'ai l'impression que, maintenant, c'est le naufrage total... Brian t'a-t-il dit autre chose ?

— Pour ce qui est des employés, deux d'entre eux étaient intérimaires, il les a libérés le mois dernier. Il ne te reste que la secrétaire de Steven ; c'est bien la jeune femme qui était en larmes le jour de l'enterrement ?

— Oui. Claire. Elle était très affectée. La pauvre fille s'était amourachée de Steven, mais...

Consciente de sous-entendre bien plus qu'elle n'avait dit, Francesca s'empressa d'ajouter :

— Pour en revenir à Brian Hicks, la société lui doit de l'argent, je suppose. Salaire, congés payés… Tant que je ne suis pas allée à la banque…

— Je l'ai payé.

— Ah. Eh bien, je te remercie. Je te rembourserai, naturellement, dit-elle, espérant secrètement que ses finances le lui permettraient.

— Ce n'est pas la peine. N'oublie pas que nous serons associés, désormais.

— Jamais !

Elle ne voulait pas que Guy devienne omniprésent dans sa vie. C'était bien assez qu'elle se soit sentie coupable pendant trois années, parce que chaque fois qu'elle fermait les yeux…

— Steve le souhaitait, lui rappela Guy. C'est la dernière volonté d'un homme qui t'aimait. Et puis, cela simplifiera les choses, quoique j'aie bien l'intention de n'être qu'un commanditaire et de rester en retrait… pour tout.

— Tu n'envisages donc pas de sauter dans mon lit aussi rapidement que tu as investi ce bureau alors ?

— A mon avis, ce n'est pas ce à quoi songeait Steve. Je ne crois pas qu'il ait pu penser que tu aies envie de *sauter* dans le lit de quiconque aussi rapidement.

— Effectivement… Excuse-moi. C'est toi qui nous as tous sur le dos. Ce serait à toi d'être irrité, pas à moi.

— J'estime que tu as de bonnes raisons de l'être, Francesca. Moi, au moins, j'ai gagné une famille dans l'histoire.

Elle le regarda, surprise de déceler quelque chose d'inattendu dans sa voix. Comme une émotion retenue.

— Il semble que, désormais, ton personnel se compose juste de Claire et d'un garçon qui travaillerait sur un projet, reprit-il d'un ton professionnel.

— Jason. Il est clair que cela réduira les frais généraux… Dis-moi, depuis que tu fouilles dans le bureau de Steven, as-tu au moins trouvé quelques éléments positifs ?

— Pas beaucoup. J'ai fait une revue complète avec Brian avant qu'il parte. L'entreprise continue de tourner au ralenti grâce aux renouvellements de commandes. Mais cela ne pourra pas suffire, bien sûr. A l'avenir tu devras moins prélever dans les caisses de la société. Je t'ai tout noté ici, noir sur blanc, dit-il, indiquant le bloc-notes, avant de se rasseoir dans le fauteuil de Steven. Un des problèmes majeurs, c'est que l'entreprise manquait d'objectifs clairement définis. Steve importait tout ce qui lui tapait dans l'œil et, honnêtement, son choix n'était pas toujours judicieux. Trop souvent, il a dû vendre à perte juste pour écouler la marchandise. A moins de découvrir un bon filon, je pense que la banque sera peu disposée à accorder encore des facilités de caisse dans de telles circonstances.

— Dans ce cas, je vais devoir les faire changer d'avis. Et vite. Y a-t-il d'autres mauvaises nouvelles ?

— Oui. Le bail de ce bureau.

— Quel est le problème pour le bail ? soupira-t-elle.

— Il expire dans deux mois. Et l'augmentation de loyer qui est demandée sera lourde. A moins que les affaires ne redémarrent rapidement.

Francesca ferma les yeux quelques instants, soudain très lasse.

— Tu disais qu'il n'y avait guère d'éléments positifs. Cela suppose qu'il y en a un peu, reprit-elle.

— C'est une affaire de point de vue. Tu disposes ici d'un entrepôt rempli de marchandises. Tu vas pouvoir exercer tes talents pour les commercialiser.

— Tu ne comptes pas rester pour m'aider ?

— C'est ton champ de compétences, Francesca. J'ai mes propres affaires qui m'attendent. En fait, je suis bien content que tu aies déchiré les billets pour Sainte-Lucie. Un petit voyage à la mairie du quartier fera amplement l'affaire.

— Merci. C'est ce qu'on appelle de bonnes nouvelles. Pas de maison. Pas de local pour la société. Juste un vieux stock que Steven n'a pas pu écouler, et un mariage à l'économie !

— Je pensais plutôt en terme de simplicité, pas nécessairement d'économie. Bien sûr, si tu veux faire une fête, Connie devrait pouvoir nous préparer de ses délicieux sandwichs-surprise.

— Il n'y aura pas de mariage ! s'écria-t-elle d'une voix vibrante de colère. Qu'il soit simple ou non. Je n'ai pas l'intention de t'épouser juste pour me garantir un toit !

— Non, tu m'épouseras pour assurer un toit à Toby, ainsi que l'a voulu son père. Sans oublier ta cousine et Mme Constantinopoulos.

— Tu as pris la peine de chercher son nom ?

— J'en avais besoin pour établir la liste du personnel. Mais pour l'instant, tu pourrais demander à Jason de faire un inventaire du stock pour que tu puisses le vendre avant qu'il soit saisi par des créanciers.

— Autre chose ?

— Oui. Les types qui t'importunaient à l'enterrement ne voulaient pas d'argent. Steve avait apparemment réussi à obtenir d'une coopérative chinoise qu'elle lui accorde des droits exclusifs pour importer toutes ses fabrications pendant une année. Des articles de soie, je crois. Et Steve était en pourparlers avec eux pour leur revendre ses droits. Ils représentent une autre entreprise d'importation qui est prête à te payer une coquette somme. J'ai cherché le document en question, mais sans succès.

— Ah. Il s'agit peut-être d'un papier que j'ai trouvé dans sa serviette. Il était rédigé en chinois. J'envisageais de le faire traduire.

— Le plus tôt sera le mieux.

Des articles de soie ? L'idée lui plaisait assez…

— Tu as l'air exténué, Guy. Depuis combien de temps es-tu là ?

— Trop longtemps ; mais avec le décalage horaire, je suis complètement déboussolé.

— Tu devrais essayer de dormir un peu.

— Et pour toi ? Ce n'est pas trop dur ?

— Je m'occupe.

— Tu arrives à oublier la faillite qui menace, le risque de perdre ta maison ?

Ignorant sa question, elle se pencha pour poser une main sur la sienne.

— Rentre à la maison, Guy.

— La maison ? Je n'ai pas de maison. Juste une espèce d'appartement que j'ai acheté pour faire un investissement. Il y a tout le luxe. Mais aucune chaleur… Je ne pense pas que tu acceptes de venir prendre le petit déjeuner avec moi ?

En parlant, il avait retiré sa main et se massait l'arête du nez entre le pouce et l'index, comme pour dissiper sa fatigue.

— Dans ton appartement luxueux mais impersonnel ? Tu ne me demanderais pas plutôt de venir te *préparer* le petit déjeuner ?

— Je t'invite à *partager* le petit déjeuner avec moi. Il doit bien exister un café dans le quartier qui puisse me servir deux ou trois expresso et un bon sandwich au jambon. Cela ne m'arrive pas souvent, mais aujourd'hui, je n'ai pas envie de manger seul.

Elle fut un instant tentée d'accepter l'invitation.

— Dans ton état, tu n'as sûrement pas besoin d'expresso mais de quelques heures de sommeil. Quant à moi, je suis obligée de rester ici pour m'occuper de diverses choses avant que les autres arrivent. Mais il n'y a pas de raison que tu sois seul. Va à Elton Street. Connie devrait pouvoir te préparer un bon sandwich au jambon. Elle parle plus ou moins anglais, mais elle comprend vite. Matty t'a parlé d'elle ?

— Elle m'a juste dit que ses sandwichs pouvaient réserver des surprises… Où l'as-tu trouvée ?

— Au parc. Je l'avais vue nourrir les canards. Je lui ai parlé. Elle est grecque. Elle est venue il y a quelques années pour épouser un tenancier de café qui l'a employée comme main-d'œuvre gratuite jusqu'au jour où il l'a laissée avec une montagne de factures qu'elle n'était pas en mesure de payer. Pour échapper aux huissiers qui la harcelaient, elle a rassemblé quelques affaires et elle est partie. Là, elle est tombée dans la spirale de la déchéance, jusqu'à finir dans un foyer pour sans-abri. Je me sentais le devoir de faire quelque chose pour elle, mais je ne savais trop quoi.

» Puis un jour, elle s'est tout simplement évanouie sous mes yeux et je me suis rendu compte que je savais depuis le début comment l'aider.

— Et tu l'as prise chez toi ?

— Exactement.

— Comment Steve a-t-il réagi ?

— Il a admis que je ne pouvais pas la renvoyer dans cet horrible foyer.

Elle refusa de mentionner leur violente dispute à ce sujet. Steve avait été tout simplement furieux qu'elle ait seulement adressé la parole à une S.D.F. Encore plus furieux qu'elle ait laissé Toby lui parler. Comme cela l'avait contrarié de découvrir que sa *princesse* était rudement têtue parfois.

— Elle avait juste besoin d'un toit. De se sentir utile, reprit-elle. D'ailleurs, elle a beaucoup aidé Matty et l'aide toujours, et elle est formidable avec Toby. Ecoute, je crois que tu devrais vraiment rentrer avant de t'effondrer sur le bureau.

— Je suis touché par ta sollicitude.

— Les S.D.F., les chiens abandonnés, les hommes déboussolés, pour moi, c'est du pareil au même, ironisa-t-elle, guettant sa réaction. Je m'occupe indifféremment de tous.

— Tu as aussi recueilli un chien ? Je ne l'ai pas encore aperçu.

— Je ne l'ai pas gardé longtemps. Steven disait qu'il y était allergique… Je comprends mieux sa réaction maintenant… Enfin, peu importe, dit-elle d'un ton brusque, refusant de succomber aux larmes qui menaçaient. Ce qui m'inquiète davantage, c'est que si tu t'endors dans ce fauteuil, je ne pourrai pas accéder aux tiroirs. Es-tu venu avec ta voiture ?

— Non, je l'ai laissée à mon bureau, hier.

— Tant mieux. Tu n'es pas en état de prendre le volant, décréta-t-elle en lui tendant les clés d'Elton Street.

Puis, sentant de nouveau les larmes la submerger, elle fouilla dans son sac pour prendre un mouchoir, tout en réfléchissant à la situation.

Elle se demanda si Steven était ou non propriétaire de sa voiture. Si c'était le cas, elle pourrait la revendre pour renflouer l'entreprise. Sinon…

— Faut-il vraiment que tu sois là, aujourd'hui ? demanda Guy, l'arrachant à ses pensées. N'importe qui trouverait cela difficile.

Son regard était chargé de compassion, d'inquiétude, et de ce qui aurait pu être du désespoir, pensa Francesca en l'observant. Elle aurait voulu lui caresser la joue. Déposer un baiser sur son front. L'envelopper de ses bras et le serrer contre elle.

Mais elle ne voulait pas entrer dans ce jeu dangereux.

— Tout va très bien, lança-t-elle, désinvolte.

Puis elle regarda son mouchoir.

— Oh, ça, c'est le rhume des foins, ajouta-t-elle.

— Mais oui, dit-il, sans prendre la peine de cacher son incrédulité. C'est la saison…

— Je t'assure. C'est la version d'automne ; elle est due aux chrysanthèmes. C'est très fréquent apparemment.

Mais elle ne put le regarder vraiment dans les yeux en disant cela. Elle prit le trousseau de clés, puis la main de Guy, et le lui remit d'autorité.

— Prends un taxi, et rentre. Connie te montrera où dormir, et elle te préparera ton sandwich pendant que tu te douches. Tu peux te servir des affaires de Steven si tu veux te raser… En fait, il serait plus sage de tout laisser en suspens le temps que tu aies dormi. Nous pouvons parler des affaires ultérieurement.

Il referma sa main sur le trousseau puis se leva.

— Il n'y a que le testament qui m'importe. La société, c'est ton domaine… Mais tu as raison, j'ai vraiment besoin d'un peu de sommeil. A plus tard, Francesca.

Elle frémit en entendant la porte du bureau se refermer sur lui.

Qu'est-ce qu'il lui prenait donc à avoir pitié de lui ? Il n'avait que faire de sa compassion. Il s'appelait Guy Dymoke et n'avait besoin de rien.

Ni de personne.


Si Guy réussit à ne pas s'endormir dans le taxi qui l'emmenait à Elton Street, c'est parce qu'il était trop absorbé à savourer mentalement ce trop court instant où Francesca lui avait pris la main. Comme si elle s'inquiétait pour lui. Mais il ne se faisait pas d'illusions : il n'y avait eu, dans ce geste, qu'une compassion toute féminine. La jeune femme adorait Steve. Et si elle décidait de l'épouser, lui, ce serait uniquement pour assurer sa sécurité, celle de Toby, et de tous ceux qu'elle avait à sa charge.

Il ne devait surtout pas se faire d'illusions.

Lorsqu'il arriva à Elton Street, Connie était sortie, mais peu lui importait. Manger était au-dessus de ses forces. Et comme une douche ne ferait que le réveiller, il décida de monter tout droit à la chambre d'amis et de se faire couler un bain. Il fallait qu'il réfléchisse au meilleur moyen de gérer les problèmes que le destin lui mettait en mains.

Sacré Steve ! Il le connaissait bien. Il savait qu'il veillerait sur les siens, quoi qu'il advienne. Mais en suggérant un mariage de convenance, il le privait désormais de toute possibilité de montrer un jour ses sentiments à Francesca.

Pour lui, épouser Francesca était une joie, un honneur, son souhait le plus cher depuis trois ans. Mais il ne pouvait plus lui dire cela.

Ce mariage qui, en d'autres circonstances, aurait été une joie merveilleuse, s'annonçait comme la plus cruelle des tortures.

Fran examina le bilan chiffré sur lequel Guy avait travaillé toute la nuit à son intention. Il avait raison. La situation était mauvaise, comme il ne manquerait sûrement pas de le lui redire, ce soir, au dîner.

Non. Pas au dîner. Un dîner était synonyme d'intimité.

Elle lui offrirait plutôt de prendre le thé dans la cuisine avec Toby. Un sourire flotta de nouveau sur ses lèvres quand elle se rappela comme il avait été gentil avec son petit garçon. Mais ce sourire disparut quand elle le revit lui affirmant que Toby aurait besoin de lui. Steven n'avait certes pas été le meilleur des compagnons, mais il avait été un bon père. Et elle avait la ferme intention de sauver, au moins, cette image de lui.

Elle s'obligea à reporter son attention sur ses préoccupations présentes. L'entreprise lui appartenait désormais, et si Guy lui laissait un peu de répit, elle la ferait prospérer. Elle retira sa veste, enfila à la place une blouse grise de manutentionnaire pour se protéger de la poussière et se rendit dans le petit entrepôt.

Elle avait souvent entendu Steven dire que la clé de la réussite dans l'importation de gadgets, c'était d'écouler sa marchandise le plus vite possible. La vendre avant d'avoir à la payer. Avant que le public n'ait jeté son dévolu sur quelque autre babiole à la mode. A ce titre, il lui fut aisé de comprendre, à peine entrée dans l'entrepôt, que l'entreprise avait eu autant de difficultés…

Francesca entendit claquer la porte d'entrée.

— Claire ? Jason ?

Ce dernier apparut sur le seuil.

— Bonjour, mada… mademoiselle…

— Mademoiselle Lang, Jason. Mais vous n'avez qu'à m'appeler Francesca.

— Nous ne nous attendions pas à vous voir aujourd'hui.

— Brian Hicks nous a malheureusement quittés. Il ne reste plus que vous, moi… et Claire, ajouta-t-elle avec soulagement au bruit de la porte d'entrée qui de nouveau claquait. Donc, nous allons devoir tous les trois nous débrouiller au mieux. Avez-vous une idée de ce qui se trouve dans tous ces cartons ? questionna-t-elle, indiquant les piles qui s'amoncelaient dans les coins les plus sombres de l'entrepôt.

Jason secoua la tête.

— Ils y étaient déjà quand j'ai commencé à travailler ici.

— Bon… Alors je veux que vous fassiez un inventaire de tout le stock et que vous mettiez un exemplaire de chaque article sur mon bureau.

— De *tout* le stock ?

— Oui, Jason. Je veux connaître précisément les quantités disponibles pour chaque article.

— Je dois tous les compter ?

— Pas un par un, soupira-t-elle, refrénant son impatience. Les quantités doivent figurer sur les emballages. Au travail !

— Est-ce que je vais d'abord préparer le café ? D'habitude, avec Steve…

— Non. Je veux que vous commenciez l'inventaire. Je vous apporterai du café plus tard. Je recherche plus particulièrement des articles de soie.

Francesca se montra tout aussi énergique avec Claire, lui demandant notamment si elle savait où trouver les documents relatifs à la voiture.

Le dossier lui apprit qu'à l'instar du reste, la belle Mercedes de Steven était en location et non sa propriété.

Résignée, Fran appela la société de leasing pour demander qu'ils viennent récupérer le véhicule. Il serait plus économique de se déplacer en taxi. Et bien plus encore de prendre le bus.

— Que dois-je dire quand les gens téléphonent et veulent savoir ce qu'il va se passer ? s'enquit Claire.

Elle ne sut que répondre. Il y avait bien des choses, en fait, qu'elle ignorait, pensa-t-elle avec une certaine appréhension.

— Laissez un message sur le répondeur disant que le bureau est fermé jusqu'à lundi pour cause de décès, déclara-t-elle, songeant que cela lui laisserait le temps de voir venir. Y a-t-il eu beaucoup d'appels ?

— Des dizaines. Ils sont tous consignés dans le registre.

— Je l'emporterai chez moi.

Puis, après avoir jeté un coup d'œil aux objets hétéroclites que Jason posait sur son bureau — éventails en papier, grenouilles en porcelaine dont personne ne voudrait, lampes d'un mauvais goût stupéfiant —, elle rangea dans son sac tous les papiers que lui avait laissés Guy et prit les transports en commun pour rentrer chez elle. C'était peu coûteux mais terriblement long, d'autant qu'elle avait hâte d'arriver chez elle et de retrouver ce document en chinois pour le faire traduire.

Après s'être débarrassée de son sac dans le hall, elle grimpa à l'étage, enleva sa veste et dégrafa sa jupe en chemin pour ne pas perdre un instant. Il faudrait qu'elle revoie sa garde-robe, se dit-elle.

Oublier dans l'immédiat les tailleurs sombres et les chemisiers de soie. Elle n'avait pas à faire impression sur Claire et Jason, et se rendrait bien plus utile en étant vêtue de façon moins sophistiquée.

Elle ôta sa jupe, la jeta sur le lit avec sa veste, et enleva son chemisier. Puis, vu l'état des poignets au bout de quelques heures à peine, elle se rendit dans la salle de bains pour le mettre dans la corbeille de linge à laver.

# 6.

Là, le cœur de Francesca s'arrêta de battre. Guy s'était endormi dans la baignoire. Un de ses bras pendait à l'extérieur. Toute tension avait disparu de son visage. L'espace d'un instant, Francesca crut voir l'homme dont elle avait croisé le regard en entrant dans ce restaurant bondé, regard qui lui avait donné l'impression d'être la seule femme au monde.

Ses yeux glissèrent le long du corps de Guy puis, soudain, s'arrêtèrent, retenus par un mouvement de l'eau qui pouvait être simplement causé par sa respiration, ou par un frémissement d'une nature bien plus dangereuse. Son cœur s'emballa follement dans sa poitrine, et elle s'obligea à remonter vers son visage, certaine qu'elle le découvrirait en train de l'observer, l'air moqueur…

Mais non. Il dormait toujours profondément. Il paraissait tellement plus jeune, tellement plus accessible avec les traits détendus. Tellement plus vulnérable aussi…

Il fallait absolument qu'elle le réveille. S'il était dans son bain depuis qu'il était rentré, l'eau devait être froide. Mais dans la tenue où elle-même se trouvait, elle pouvait difficilement lui tapoter l'épaule…

Le mieux était peut-être de quitter discrètement la salle de bains, de se rhabiller et de filer au rez-de-chaussée. Là, elle pourrait claquer une porte ou appeler Connie. Libre à lui ensuite d'aller se coucher ou de descendre.

*
* *

La première pensée de Guy fut de se dire qu'il rêvait. Ce qui n'aurait pas été nouveau… Francesca s'invitait souvent dans ses rêves, mais jamais jusque-là quand il était dans son bain et qu'elle-même se trouvait tout à côté, à portée de main, juste vêtue d'un string et d'un soutien-gorge…

Jamais rêve ne lui avait semblé aussi réel.

Sa deuxième pensée fut de s'étonner que, s'il s'agissait d'un rêve, l'eau fût si froide…

Tout à fait réveillé cette fois, il s'efforça de ne pas bouger et de feindre le sommeil afin de permettre à Francesca de battre en retraite — et de préférence avant que des manifestations indépendantes de sa volonté le trahissent. Ainsi, tous deux pourraient faire comme s'il ne s'était rien passé.

Il sentit que la jeune femme reculait d'un pas. Puis d'un autre… Et là, elle se cogna vivement et poussa un cri de douleur. Dès lors, tout faux-semblant devint inutile.

— Il est conseillé de regarder où l'on met les pieds, laissa-t-il tomber d'une voix calme.

— Ah oui ? répliqua-t-elle sèchement en se frottant le coude. Eh bien, merci. Je tâcherai de m'en souvenir la prochaine fois que je trouverai un homme dans *ma* baignoire.

— Je disais cela pour rendre service.

Mais ses aspirations allaient bien au-delà. Il aurait voulu la prendre dans ses bras, effacer sa douleur sous les baisers. L'étreindre jusqu'à ce qu'elle oublie tout le reste. Jusqu'à ce qu'il n'y ait plus que lui… De plus, elle tenait son bras dans une main et était presque courbée en deux, ce qui offrait un spectacle de sa poitrine absolument indescriptible.

— Tu faisais semblant de dormir, n'est-ce pas ? lança-t-elle, l'œil étincelant.

Il fut tenté de nier, mais décida finalement de dire la vérité.

— Je pensais que cela nous éviterait, à l'un et à l'autre, de nous trouver embarrassés… Et j'avoue que je ne m'attendais pas à ce que tu mettes si longtemps à partir.

— C'est simplement que… que j'ai été prise au dépourvu, voilà.

— Moi aussi. Mais dans mon cas, c'est excusable.

— Pardon ? Je t'avais proposé la chambre d'amis.

— Et alors ?

— Alors, elle se trouve au bout du couloir. Et elle a sa propre salle de bains, petite, certes, mais très bien… Au fait, pourquoi n'as-tu pas fermé la porte à clé ?

— Cela ne m'a pas traversé l'esprit. Quand je suis sur le terrain, il n'y a pas de porte. Et chez moi, je n'ai à me cacher de personne… S'il te plaît, peux-tu me passer une serviette ?

— Va la chercher toi-même !

— Très bien.

Mais quand elle le vit se redresser, tout ruisselant d'eau, elle mesura les conséquences de ses paroles et changea vite d'avis.

— Non ! Attends ! Je t'en donne une.

Elle sortit une serviette de la pile sur l'étagère et la lui tendit, détournant ostensiblement le regard tandis qu'il la prenait et la nouait fermement autour de ses reins avant de sortir de la baignoire.

— Je ne comprends toujours pas pourquoi tu es ici, insista-t-elle, refusant de laisser tomber le sujet, et oubliant manifestement qu'elle-même était fort dévêtue. Connie ne t'aurait pas fait venir dans ma chambre. D'ailleurs, pourquoi n'as-tu pas laissé tes vêtements par terre pour signaler ta présence, comme aurait fait n'importe quel homme ?

— Parce que je les ai suspendus.

En disant cela, il décrocha ses vêtements de la patère, juste derrière Francesca.

— Tu es un modèle d'ordre et de propreté ?

— Ne le crois pas… Mais dans certains pays où j'ai vécu, quand on laisse traîner ses vêtements par terre, il arrive que l'on y retrouve certaines bestioles dont on se passerait. Si bien que l'on prend vite de bonnes habitudes.

— Tu feras un mari formidable pour celle que tu épouseras, ironisa Francesca.

— Oh, il doit falloir d'autres qualités que de ne pas laisser traîner ses vêtements, non ? Pouvoir vivre ensemble au moins la moitié du temps me semblerait déjà une bonne chose.

— Je connais bien des femmes qui seraient ravies d'une telle formule.

— Ah oui ? Comme en général je ne passe guère plus de dix pour cent de mon temps à Londres, tu vas faire des envieuses parmi tes amies, tu ne crois pas ?

— Parce que tu penses que je vais le crier sur les toits ? Si j'accepte de me marier avec toi, s'empressa-t-elle de préciser.

— Tu t'es bien mariée pour rendre service à quelqu'un d'autre. Je ne vois pas pourquoi cela te poserait un problème cette fois-ci pour sauver ta propre situation.

Il prit conscience que de tels arguments n'étaient sans doute pas le meilleur moyen de la convaincre et ajouta :

— Ecoute, je suis désolé d'avoir violé ton intimité, mais Connie n'était pas là quand je suis arrivé, et comme cette chambre était la chambre d'amis quand j'habitais cette maison, j'ai supposé que c'était toujours le cas. Tu n'utilises pas la chambre principale ?

— Non… Enfin, oui. Bien sûr. Mais…

Mais c'était la chambre de Steve pendant sa maladie, et elle ne devait plus vouloir l'occuper, pensa-t-il brusquement.

— Excuse-moi. C'est idiot de ma part de t'avoir demandé cela. Tu ne veux plus y dormir, je comprends.

Elle acquiesça d'un battement de cils.

— Si tu veux, je peux faire refaire les papiers, proposa-t-il. Quand tu seras prête, bien sûr.

— A quoi bon ? C'est provisoire de toute façon. Je chercherai un autre logement dès que j'aurai mis un peu d'ordre dans l'entreprise.

Cette petite phrase lui brisa le cœur. Il aurait voulu prendre la jeune femme dans ses bras, la serrer et lui jurer qu'il remuerait ciel et terre pour qu'elle puisse rester dans la maison qu'elle aimait. Mais il ne put que se diriger vers la porte, pressé de mettre un terme à cette torture qu'il vivait.

Elle ne bougea pas.

— Je trouverai un rasoir là-bas, je suppose ?

Elle fronça les sourcils, comme si elle revenait de quelque pensée intérieure.

— Oui… Oui. Et les vêtements de Steven, également. Prends tout ce qui te fait plaisir…

Et c'est alors qu'elle se rendit compte qu'elle était toujours quelque peu dévêtue. Rougissant jusqu'aux oreilles, elle enchaîna précipitamment :

— Une chemise propre, des chaussettes… Il doit y avoir des brosses à dents neuves dans le placard sous…

— Merci. Je trouverai, la coupa-t-il, pressé cette fois de quitter au plus vite les lieux, et de ne plus avoir sous les yeux les courbes douces et terriblement proches de la jeune femme…

— Bien, euh… je vais, euh…

Elle eut un geste vague pour indiquer qu'elle allait s'habiller puis, ne voulant pas attirer davantage l'attention sur elle, n'acheva pas sa phrase et battit rapidement en retraite.


Elle enfila les premiers vêtements qui lui tombèrent sous la main et, après s'être munie des papiers qu'elle avait rapportés du bureau, alla s'enfermer dans le petit cabinet de travail.

Elle mit un moment avant de recouvrer son calme. Elle s'en voulait terriblement de ne pas s'être retirée immédiatement en constatant que la salle de bains était occupée. Mais qu'est-ce qu'il lui avait pris de rester plantée là, à fixer Guy comme une demeurée ? Elle ne se l'expliquait pas. Ou peut-être, si, elle croyait connaître la réponse, mais elle ne tenait pas à trop s'appesantir sur le sujet. Elle devait oublier. Oublier au plus vite.

En fait, le mieux qu'elle avait à faire maintenant était de sortir. Elle saisit la sacoche de Steven, y remit tous les documents et, après s'être assurée d'un coup d'œil dans le couloir que la voie était libre, elle descendit sans bruit au rez-de-chaussée pour voir Connie et l'informer de la présence de Guy.

Toby était en train de déjeuner. Elle embrassa son fils, admira les dessins qu'il avait faits à l'école, mordit un petit morceau du bâtonnet de poisson qu'il lui fit goûter et sortit par la porte de service pour éviter tout risque de tomber nez à nez avec Guy dans le couloir. Avant de pouvoir le regarder de nouveau dans les yeux, elle avait besoin d'effacer au plus vite l'image qu'elle avait de lui dans la baignoire, et la confusion que ces quelques instants avaient provoquée en elle.

En se dirigeant vers le portail, elle aperçut Matty devant sa planche à dessin, rattrapant sans doute le retard qu'elle avait pris dans son travail pour lui avoir consacré du temps ces dernières semaines. Il fallait absolument qu'elle agisse au mieux pour elle aussi, pensa Francesca en s'engageant dans la rue en direction du marché.

A son retour, elle voulut parler à Guy.

— Il est parti, l'informa Connie. J'ai voulu lui faire quelque chose de bon, comme tu as dit, mais il a vu les bâtonnets de poisson et il les a mangés avec Toby.

— Mon Dieu. Ils n'étaient pas froids ?

Connie fit un geste signifiant qu'ils n'étaient ni chauds ni froids.

— Il a dit que ça allait bien. Il a fait lui-même son sandwich.

Guy Dymoke avait déjeuné d'un sandwich aux bâtonnets de poisson ? Mais quel homme était-il donc ?

— Euh... quand est-il parti ?

— Y a pas longtemps. Il a parlé avec Toby jusqu'à l'heure de la sieste, puis il est parti. Il avait des choses à faire. Il a dit que tu dois pas t'inquiéter. Il s'occupe de tout.

Voilà qui lui ressemblait davantage. Directif, autoritaire...

— C'est tout ?

— Il est allé voir Matty. Peut-être il lui a dit où il allait ? Peut-être il est toujours avec elle ?

Matty ? Un sentiment qui ressemblait fort à de la jalousie lui noua le ventre lorsqu'elle se rappela comme tous deux avaient facilement lié connaissance. Et comme Matty avait déclaré le trouver séduisant...

Francesca se ressaisit, effarée de ses pensées. Comment pouvait-elle être jalouse de sa cousine ? Elle aurait dû se réjouir, au contraire...

Seulement, elle était déçue que Guy ne soit pas là. Il lui avait dit que si elle consentait à céder l'exclusivité de ses droits d'importation pour ces articles venant de Chine, on lui offrirait une coquette somme d'argent, et elle désirait savoir combien. Cela pouvait sauver l'entreprise pour quelque temps. Mais si quelqu'un était si pressé de lui en donner un bon prix, c'était que le filon était probablement intéressant... Et elle aurait voulu en discuter avec lui.

D'un autre côté, c'était peut-être aussi bien que Guy soit reparti, car elle commençait déjà à compter sur lui. Il lui avait pourtant dit en termes très clairs que c'était à elle de s'occuper de l'entreprise. Il fallait donc qu'elle commence à faire preuve d'une certaine autonomie. De plus, il y avait d'autres problèmes plus urgents. Si elle ne l'épousait pas, il faudrait qu'elle prenne contact avec le représentant du propriétaire de la maison afin de négocier un nouveau bail.

— Bien. Je serai dans le bureau, dit-elle à Connie.

Celle-ci lui fit face, les poings sur ses hanches.

— Et quand tu vas manger, dis-moi ?

Tous les jours, depuis des semaines, elle lui répétait la même chose. Aujourd'hui, Francesca avait une réponse.

— J'ai mangé un bol de soupe quand je suis sortie.

— Quoi ? Ma soupe n'est pas assez bonne pour toi ?

— C'était un déjeuner d'affaires, Connie.

En effet, le patron du restaurant chinois lui avait offert de sa soupe au poulet pendant que son fils traduisait le document qu'elle avait trouvé dans les dossiers de Steven.

Connie ne fut nullement impressionnée par son *déjeuner d'affaires*.

— Un déjeuner d'affaires, avec vieux jean ? Que dirait M. Steven s'il te voyait sortir comme ça ?

— Steven n'est plus là, Connie ! Je fais les choses comme je l'entends, désormais. Je serai à l'étage si tu as besoin de moi, ajouta-t-elle d'une voix plus douce, consciente d'avoir peiné Connie.

Puis elle téléphona à Claire pour savoir comment avaient évolué les choses au bureau.

— L'inventaire est terminé et j'ai retrouvé presque tous les papiers.

— Bien. Laissez-les sur le bureau et rentrez chez vous. Je vous verrai tous deux lundi.

— Parce que vous comptez continuer ?

— C'est prévu ainsi, oui… Dites-moi, Claire, ces articles de soie qu'avait importés Steven, je ne les ai pas vus dans les affaires que déballait Jason.

— C'est normal. La marchandise a été vendue à peine rentrée en magasin. L'affaire parfaite, disait Steven.

— Avez-vous quelques échantillons ? Un catalogue ?

— Pas de catalogue, non.

— Mais il devait bien avoir quelque chose à montrer à ses acheteurs ?

— Euh… il y avait quelques bricoles, oui.

— Et où sont-elles, à présent ?

— Eh bien… comme Steven ne… Comme l'entreprise… En fait, je trouvais que c'était dommage de les abandonner là, à la poussière. Ce n'est pas grave, n'est-ce pas ? Je veux dire, c'était une vente ferme, vous n'aviez plus besoin d'échantillons…

— Vous les avez pris, c'est bien ça ?… Ecoutez, cela m'est égal. Je voudrais juste jeter un coup d'œil à ce que vous avez.

— J'ai donné un des peignoirs à ma mère, mais j'ai gardé l'autre. Vous voulez que je vous le rende, je suppose ?

— Non, Claire, gardez-le, mais il faut absolument que je le voie. Vous allez rentrer chez vous et me l'apporter.

— Tout de suite ? Mais ça va prendre longtemps et j'ai…

— Claire !

— Très bien, je fais le plus vite possible.

Quand Francesca vit l'allure du peignoir, la qualité de la soie, de la confection, elle comprit pourquoi Claire l'avait pris pour elle, et pourquoi les deux hommes étaient prêts à payer le prix fort le droit d'en importer directement.

Un bon filon pour sauver l'entreprise, avait dit Guy. Steven l'avait trouvé. Trop tard, en ce qui le concernait. Mais pas pour Francesca qui sentit s'allumer en elle une petite flamme d'optimisme.

La jeune femme avait prévu d'aller voir son banquier, le lundi matin à la première heure, pour lui démontrer qu'elle était une adulte responsable, résolue à gérer correctement ses finances et son entreprise. Et pour lui demander, accessoirement, de l'aider à soutenir son nouveau projet…

Mais une lettre reçue de sa banque le samedi matin vint tempérer quelque peu son bel optimisme. On l'informait que son compte ne présentait pas un crédit suffisant pour honorer les virements automatiques du mois, y compris celui concernant le loyer de la maison, et on la priait de se présenter le lundi matin à dix heures à la banque pour discuter de sa situation.

Elle se demanda un bref instant avec ironie si une *vraie veuve* aurait été convoquée de façon aussi péremptoire. Mais au vu du montant sur lequel portait le découvert, Francesca eut davantage envie de hurler sa rage. Seule la présence de Connie dans la cuisine l'en empêcha. Mais sans doute réprima-t-elle un mouvement d'humeur car Connie s'arrêta de remplir la machine à laver pour se tourner vers elle.

— Ça va, Fran ? Des mauvaises nouvelles, dit-elle ensuite sans attendre sa réponse. Je vais te faire un bon thé.

— Non, non, ce n'est rien, la rassura-t-elle en repliant la lettre et en se levant péniblement de table. Il faut simplement que je…

Des sanglots de rage et de frustration s'étranglèrent dans sa gorge. Jusqu'à ce jour sa situation, quoique peu reluisante, ne semblait pas si catastrophique. Certes, avoir à commercialiser des grenouilles ou des lampes n'avait pas suscité en elle un enthousiasme débordant, mais des soieries… Toute la nuit, son esprit s'était emballé sur le sujet.

Elle avait sorti du container à recyclage journaux et magazines pour y chercher les noms des rédacteurs en chef des rubriques féminines, ceux qui avaient pouvoir de faire connaître des produits à des millions de consommatrices. Noël approchait…

Malgré toutes les épreuves qu'elle avait traversées durant la semaine, elle avait réussi à entrevoir un petit coin de ciel bleu dans son avenir. Mais elle ignorait encore la véritable dimension de la tragédie qui les guettait. Il était grand temps de redescendre sur terre.

— Je monte, dit-elle à Connie. Je serai dans le bureau.

— Oui. Ça te fera du bien de te reposer… Je vais faire un gâteau avec Toby. Nous t'apporterons du thé quand tu te réveilleras.

Connie essayait de l'aider à sa manière, mais il faudrait bien plus que du thé pour les sauver de la débâcle dans laquelle ils s'enfonçaient. Un miracle, tout simplement, pensa Francesca en allant s'enfermer dans le minuscule bureau.

Là, elle considéra d'un œil morne les peignoirs sur le dossier de la chaise. Le miracle pourrait bien émaner d'eux, mais trop tard, en tout état de cause, pour les tirer d'affaire.

Oh, Steven...

Néanmoins, c'est avec eux qu'elle allait devoir relancer son avenir et celui de Toby. Dans l'immédiat, elle avait besoin d'argent liquide, et vite, sinon elle devrait épouser Guy pour sauver de la catastrophe sa famille et ses amis ; et ce qui avait été jadis un impossible rêve, secrètement caché au plus profond de son cœur, deviendrait le pire des cauchemars... Mais elle se promit d'abord d'étudier toutes les autres possibilités. Il devait bien exister une solution.

Elle s'arma d'un bloc-notes, tira une ligne verticalement du haut en bas de la page, et écrivit en haut à gauche « actif », et de l'autre côté, « passif ».

Qu'avait-elle comme actif ? Ses bijoux, principalement. Quelques-unes de ses robes du soir, griffées. Quelques beaux meubles, également...

Mais soudain elle se rendit compte que, hormis une armoire et une commode qu'elle-même avait achetées et quelques tableaux, rien ne lui appartenait. La maison était meublée quand Steven l'avait *achetée*.

Il ne lui manquait plus qu'à découvrir que les diamants qu'il lui avait offerts étaient juste de vulgaires zirconiums, et elle serait dans la situation où se trouvait Connie avant qu'elle la prenne sous son aile !

Sans le sou, et sans domicile. Avec un enfant en bas âge, une cousine sur un fauteuil roulant et une employée de maison entièrement à sa charge. Pour un peu, elle se serait mise à rire devant le tableau !

Et qui s'en émouvrait ? Certainement pas les gens qu'elle avait pu fréquenter. Les femmes avec qui elle trompait son ennui dans les salles de gymnastique. Et quand Guy s'insinua dans son esprit, lui soufflant : « Moi, je veillerai sur toi... », Francesca l'en chassa aussitôt et entreprit de dresser la liste du passif.

Ce fut un soulagement quand le téléphone sonna.

— Francesca, c'est Guy.

Sa bouche s'ouvrit puis se referma sans qu'un son n'en sorte. Enfin, elle balbutia :

— Oui.

— Je me demandais si tu avais des projets pour aujourd'hui.

— Je mettais de l'ordre dans le bureau de Steven, s'empressa-t-elle de répondre. Il y a tellement à faire.

— Dans ce cas, tu ne verras pas d'inconvénient à ce que j'emmène Toby se promener ?

— Toby ?

Bien sûr, Toby ! Il voulait tisser des liens avec son neveu. Pourquoi aurait-il souhaité l'emmener, elle, quelque part ?

— Au zoo, ou ailleurs, reprit-il.

— Au zoo ? De grâce !

— Tu n'es pas d'accord ? Pour des raisons idéologiques, je suppose ? Ou cela ne te plaît pas qu'il sorte avec moi ? Remarque, je le comprendrais. Tu me connais à peine.

— Ce qui ne t'empêche pas d'attendre de moi que je t'épouse.

— C'est différent. Il s'agit juste d'une formalité, et...

— Et je l'ai déjà fait. Merci de me le rappeler. J'espère que le moment venu de divorcer, les choses seront plus simples.

Il y eut un léger blanc avant qu'il réponde :

— Bien sûr. Dès que ta situation sera rétablie, il suffira de demander l'annulation du mariage pour non-consommation.

Non-consommation... Formidable ! Mais comment pouvait-elle encore hésiter ?

— Donc, qu'as-tu à reprocher au zoo ? insista Guy.

— Oh, rien. Simplement que cela ressemble un peu trop au genre de sorties des parents qui ont la garde alternée.

Puis, comme elle s'était montrée abrupte, et parce que Toby avait besoin d'une présence masculine dans sa vie, Francesca ajouta :

— Tu n'as pas à te sentir obligé de l'emmener en balade quelque part pour le voir. Tu peux venir ici quand tu veux.

— Merci. Ta proposition me fait plaisir, mais pour aujourd'hui j'aimerais bien suivre mon idée première si tu permets. C'était l'anniversaire de Toby il y a quelques jours et je crois qu'un petit extra s'impose. Hot dog, glaces, chocolat, qu'en penses-tu ?

— Quand j'ai parlé de son anniversaire, ce n'était pas…

— Je sais. Alors, dis-moi, y a-t-il quelque chose qui lui ferait particulièrement plaisir ?

— Eh bien, tu pourrais l'emmener à la grande roue, il adore ça.

— Et toi ? Cela te plairait, aussi ? demanda-t-il, avec une douceur de ton inopinée. Tu pourrais nous accompagner.

— Est-ce que cela n'irait pas un peu à l'encontre de ton objectif de tisser des liens affectifs entre hommes ?

A cet instant, la sonnette du portail d'entrée retentit.

— Désolée, Guy, je dois te laisser. On sonne. Quand comptes-tu venir ? Je ne veux pas en parler trop tôt à Toby, il serait surexcité.

— Je ne tarderai pas.

Elle raccrocha mais demeura quelques instants sur sa chaise à essayer de recouvrer ses esprits. La sonnette se fit de nouveau entendre.

— Tu veux bien répondre, Fran ? cria Connie.

— D'accord !

Elle descendit rapidement et ouvrit grand la porte.

Guy était appuyé contre une Saab dernier modèle, son téléphone portable collé à l'oreille. Elle le vit ranger son portefeuille, refermer le téléphone puis prendre un ballon de football dans le coffre. Après quoi, il se retourna et l'aperçut qui le regardait, et, comme elle, parut un peu déconcerté.

Ensuite, il verrouilla les portières et vint vers elle.

— Je commençais à me demander si tu ne m'avais pas vu et si tu ne t'étais pas esquivée par la porte de service.

— Non… C'est que…

La soudaine arrivée de Toby, déboulant de la cuisine, la dispensa d'avoir à fournir une explication.

— Tu viens pour jouer au foot ? s'écria-t-il.

Francesca arrêta de justesse son fils qui allait se jeter dans les bras de Guy, tout barbouillé de pâte à gâteau.

Ce dernier s'accroupit pour être au niveau de l'enfant avant de lui donner le ballon.

— Plus tard, peut-être. D'abord, nous allons sortir pour nous amuser. Tu veux bien ?

— Maman vient aussi ?

— Oncle Guy va t'emmener faire un tour sur la grande roue, Toby, intervint Fran avant que Guy ait pu répondre. Juste tous les deux. Mais d'abord, il va falloir te débarbouiller un peu.

Puis elle disparut à l'intérieur de la maison, abandonnant Guy sur le perron.

— Tu ne veux pas venir avec nous, vraiment ? reprit-il, lorsqu'elle reparut avec Toby, tout propre et bien peigné. C'est toi qui aurais bien besoin de te changer les idées, j'ai l'impression.

— Je ne porte peut-être pas le deuil, mais ce n'est pas pour autant que…

— Ou du moins, de t'aérer un peu, la coupa-t-il, comme s'il savait pertinemment qu'il s'agissait juste d'une excuse.

— Je peux très bien *m'aérer*, comme tu dis, en m'installant tranquillement dans le jardin pendant que tu t'entraînes à ton rôle d'oncle. Au fait, une précision, cependant. Il y a trois grandes règles : pas de boissons gazeuses, pas de chocolat, pas de frites.

— A-t-on le droit de rire ? demanda Guy en haussant un sourcil d'un air comique.

— Oh, tu peux faire le malin. Donne-lui ce que tu veux après tout ! J'espère que tu trouveras la chose toujours aussi drôle quand il t'aura vomi dessus.

— Pas de boissons gazeuses, pas de chocolat, pas de frites. Très bien. Dis au revoir à maman, Toby.

— Au revoir, maman.

Le garçonnet jeta un regard incertain en arrière tandis que Guy l'emportait vers la voiture.

Et soudain, elle aurait voulu le lui reprendre. Ne pas le laisser échapper hors de sa vue.

— Au revoir, mon chéri, dit-elle, en les accompagnant jusqu'au portail. A tout à l'heure.

Guy installa l'enfant à l'arrière et fixa la ceinture de sécurité.

— Au fait, dit-il en se retournant, au cas où j'oublierais, un expert viendra examiner la maison dans le courant de la semaine prochaine. Il téléphonera au préalable pour convenir d'un rendez-vous.

Francesca blêmit.

— Un expert ?

Il referma la portière arrière puis se glissa au volant.

— Il n'y a pas lieu de s'inquiéter. J'ai examiné l'agrandissement ; il semble réalisé dans les règles de l'art. Mais j'aimerais bien avoir une expertise de la construction. Il pourra également s'occuper des démarches administratives. Entre autres choses.

— Quelles choses ? Et en quoi cela t'importe-t-il que l'agrandissement soit fait ou non dans les règles de l'art ?

— Cela m'importe parce que j'ai acheté la maison.

Là-dessus, il claqua la portière et, quand Francesca fut enfin parvenue à réprimer le furieux tremblement de sa lèvre et à mettre de nouveau bout à bout deux pensées cohérentes, Guy était déjà au bout de la rue.

# 7.

Cela aurait été le moment idéal de héler un taxi et de dire au chauffeur : « Vite ! Suivez cette voiture ! »

Guy ne pouvait pas lui annoncer négligemment pareille nouvelle et se volatiliser aussitôt ! Francesca exigeait des explications. Que lui était-il donc passé par la tête ? Elle voulait savoir, et tout de suite !

Par un incroyable miracle, un taxi se matérialisa sous ses yeux et elle lui fit signe. La situation, cependant, perdit un peu de son intensité dramatique : les femmes n'ayant pas pour habitude de se déplacer avec leur porte-monnaie, Francesca dut retourner humblement dans la maison le chercher…

La voiture de Guy était déjà loin quand elle revint avec son sac à main. Elle se contenta donc de lancer :

— La grande roue, s'il vous plaît ! Le plus vite possible ! C'est urgent !

En prononçant ces paroles, elle mesura leur stupidité. Quel genre d'urgence pouvait bien justifier de se rendre à toute allure à la grande roue ?

Mais le chauffeur, qui avait dû en entendre bien d'autres dans sa vie, répondit simplement :

— Bien, madame.

Et il prit avec empressement la direction de la grande roue. Un empressement rapidement mis à mal, cependant, par la lenteur de la circulation. Quand Francesca se retrouva complètement immobilisée à Hyde Park Corner, elle regretta de n'avoir pas pris le métro. Elle y aurait gagné en temps… et en argent.

Guy et Toby seraient déjà à cent cinquante mètres dans les airs qu'elle ne serait pas encore arrivée sur place. En fait, plus elle moisissait dans les embouteillages, plus elle regrettait de s'être lancée à sa poursuite. Elle s'imaginait mal faire une scène à Guy en public. Pour lui dire quoi ? Qu'il n'achèterait pas cette maison parce qu'elle s'y opposait ? Ridicule !

— Nous y voici, mademoiselle.

— Pardon ? Oh…

Il ne restait maintenant plus rien de son envie d'arriver à destination. Non, elle allait se ridiculiser ; il fallait qu'elle retourne chez elle. Qu'elle réfléchisse calmement…

Un coup d'œil au prix qu'affichait le compteur, cependant, la dissuada de demander à faire demi-tour. Le retour devrait impérativement s'effectuer par les transports en commun, se dit-elle en sortant son porte-monnaie.

— C'est bon. Je m'en charge.

Stupéfaite, elle leva la tête au son de cette voix familière. Guy tendait quelques billets au chauffeur, puis il lui ouvrit la portière, comme s'il l'attendait.

— Maman ! Oncle Guy était sûr que tu viendrais !

Prenant son fils dans ses bras, elle profita de ce bref instant pour se ressaisir tout en observant Guy. Il tournait le dos au soleil, et son visage en contre-jour était impénétrable.

— Ah… Tu en étais sûr ? lui demanda-t-elle.

— Je comprends que tu aies du mal à te séparer de Toby en ce moment. Surtout pour le confier à quelqu'un que tu ne connais pas bien.

— Euh… j'espérais que je ne l'avais pas montré.

— Mais tu ne l'as pas montré.

Si elle fut touchée de le découvrir si sensible et compréhensif, un doute la frappa soudain.

— Dois-je comprendre alors que ce que tu as dit à propos de la maison n'était qu'une ruse pour m'inciter à vous suivre ?

— Pourquoi t'a-t-il fallu tant de temps pour venir ? répliqua-t-il, une lueur ironique dans le regard, en éludant sa question. Allez, suis-nous, c'est notre tour.

— Déjà ? Je croyais qu'il fallait faire la queue.

— J'ai eu le temps de réserver pendant que tu tardais tant à venir nous rejoindre…

La prenant par la main, Toby commença à l'entraîner vers la zone d'embarquement.

— Allez, viens, maman !

— Mais je n'ai pas de billet ! protesta-t-elle, en résistant.

— J'ai réservé trois places… Cela te fera du bien, lui assura Guy. D'ailleurs, je trouve que tu as déjà repris des couleurs.

C'était bien possible, mais pas pour la raison qu'il croyait ! Du fait de la présence de son fils, elle ravala la réplique cinglante qu'elle avait aux lèvres mais darda sur Guy un regard tout aussi éloquent. Il lui adressa en réponse un large sourire… qui la laissa le cœur battant.

Guy lui avait déjà souri par le passé. Une fois, peut-être deux, quand Steven les avait présentés. Des sourires de pure convenance.

Celui-ci était tout autre.

— Viens, s'impatienta-t-il, comme elle restait clouée sur place. Je sais que tu as des questions à me poser à propos de la maison. Dès que nous serons à bord, tu m'auras à ta merci.

— S'il te plaît, maman !

Comment refuser ?

Tout irait bien si elle ne regardait pas vers le bas, se dit-elle, en se laissant pousser à l'intérieur de la nacelle avec le reste du groupe. Dans la mesure où elle ne se levait pas, où elle gardait les yeux fixés au loin sur l'horizon, il n'y aurait pas de problème. L'astuce, c'était de ne pas regarder au-dessous. De ne même pas y songer…

Toby courut tout droit à l'extrémité de la nacelle pour ne rien perdre du spectacle.

— Oh là là ! Viens voir, oncle Guy ! Viens voir, maman !

Et Francesca qui espérait s'asseoir sur une banquette, au milieu, le plus loin possible du bord, dut venir voir… Au moins n'eut-elle pas à parler. A mesure que la nacelle lentement s'élevait, Guy montrait à Toby les différentes curiosités, et Francesca se tourna vers l'autre côté, faisant défiler dans sa tête des images de belles promenades… sur la terre ferme.

Conscient que Toby voulait simplement regarder, Guy se tourna vers elle. Peut-être devina-t-il à sa pâleur et à ses poings crispés qu'elle ne se sentait pas très bien. Ou peut-être voulait-il simplement lui donner la possibilité de parler. Quelle qu'en fût la raison, il la prit fermement par le bras.

— Allons nous asseoir.

— Mais Toby…

— Il ne risque rien.

Il l'entraîna vers la banquette et s'assit près d'elle, gardant sa main dans la sienne.

— Pose-moi des questions sur la maison. Je sais que tu en meurs d'envie.

— Alors, c'est vrai ? Tu l'as achetée ?

— Maintenant, tu es sûre d'avoir un toit.

Seigneur, il l'avait bien achetée !

— Et je t'assure que tu te rendras à peine compte que je suis là, ajouta-t-il.

— Que tu es là ? Que veux-tu dire par « là » ?

— Cela fait partie de ces « autres choses » dont je parlais. J'envisage d'aménager sous les combles un petit appartement indépendant que j'utiliserai lorsque je viendrai à Londres.

Elle allait lui demander de quel droit il se permettait pareille liberté et se retint de justesse : Guy était propriétaire de la maison, c'était son droit le plus absolu.

— Tu ne t'y sentiras pas un peu à l'étroit après avoir connu ton loft grand luxe en bord de Tamise ?

— Il ne me manquera pas, assura Guy.

— Il ne te manquera pas ? Tu veux dire que… que tu l'as vendu ?

Dans l'esprit de Francesca, Guy avait acheté Elton Street simplement pour développer son portefeuille immobilier. Mais elle n'avait pas imaginé qu'il vendrait son loft pour acheter une superbe maison dont il n'habiterait qu'un simple grenier aménagé ! La sensation d'étourdissement qui la saisit n'eut rien à voir, cette fois, avec le vertige.

— Guy, ne me dis pas que tu as dû vendre le loft pour acheter la maison ?

— Je regrette d'avoir à t'imposer ainsi ma présence…, répliqua-t-il en éludant la question. Mais rassure-toi, je ne serai pas souvent là.

— Est-ce qu'il n'aurait pas été plus économique de continuer à louer la maison ? Tu aurais pu te contenter de renouveler le bail.

Cela ne lui plaisait pas que Guy ait acheté la maison. Mais pas du tout ! C'était… trop personnel.

— C'est ce que j'avais envisagé dans un premier temps. Mais il faut que je te dise, Francesca. Ton propriétaire avait donné congé à Steven sous six mois. C'était il y a quatre mois, si bien qu'il ne te restait que deux mois environ avant de devoir déménager.

Bizarrement, la nouvelle ne lui causa pas véritablement de choc. C'était presque comme si, après toute la série de révélations de la semaine, rien ne pouvait plus la choquer.

Steven savait que ses jours étaient comptés, qu'il lui était impossible de renverser la situation. Le seul regret de Francesca était de n'être pas passée outre sa volonté et de ne pas avoir appelé Guy plus tôt. Quand il était encore temps.

Oh, Steven… Elle n'avait pas le cœur de lui en vouloir de tous ses mensonges, ses faux-semblants. A quoi bon ? Il était mort, et elle pensait davantage à l'épreuve qu'il avait dû endurer. Devoir jouer jusqu'au bout l'homme d'affaires qui a réussi. Etre un père et un mari attentionné. Offrir des cadeaux. Ne jamais rien trahir. Et cela pendant des années…

Ce n'était pas surprenant qu'il l'ait toujours tenue à l'écart des finances du ménage.

— Pauvre Steven, murmura-t-elle enfin. Comme il a dû souffrir. Il n'est pas étonnant qu'il t'ait demandé de m'épouser. Pour lui, ce devait être la seule solution possible.

Guy blêmit. Ces paroles pleines de pitié brisaient net l'espoir qu'il avait tout au fond de lui de se voir, un jour, aimé par la jeune femme.

En dépit de tout, elle ne pouvait se résoudre à reprocher à son frère de l'avoir plongée dans pareil dénuement. Elle aurait dû lui en vouloir ! Au contraire, elle éprouvait de l'empathie à son égard.

Cette constatation lui donna un goût amer dans la bouche.

Pouvait-il encore espérer devenir un jour, aux yeux de Francesca, autre chose que le grand frère moralisateur de Steven ? Le grand sauveur de la famille ?

— Crois-tu que le stress ait pu influer de façon négative sur sa maladie ? murmura-t-elle. Il s'est dégradé si vite. Je lui ai bien demandé si je devais prendre contact avec toi, mais nous pensions tous qu'il aurait davantage de temps. Sur le moment, j'ai été soulagée que son agonie ne s'éternise pas, qu'il ne souffre pas davantage, mais…

— Francesca, dit-il, désireux de l'empêcher de culpabiliser. Tu n'aurais rien pu faire.

Elle sourit presque.

— Tu n'as pas à être gentil, tu sais.

— Je ne suis pas gentil. Je suis réaliste. Tu n'as rien à te reprocher.

Elle le regarda un instant en silence et hocha la tête.

— Merci... Je regrette que tu aies été entraîné dans ces problèmes. Il ne faut pas que tu achètes la maison, Guy. Nous trouverons bien à nous débrouiller.

— C'est...

— Et ne me dis pas que tu l'as déjà achetée. Il faut des semaines, voire des mois pour une transaction de ce genre.

— Des délais qui sont dus généralement aux lenteurs administratives. En l'occurrence, Tom Palmer possède déjà dans ses archives tout l'historique de cette maison. Rien n'a vraiment changé depuis dix ans...

— Hormis qu'elle a subi un agrandissement.

— Effectivement. Heureusement, le propriétaire n'était pas au courant, sinon cela aurait pu poser des problèmes. En fait, il suffira de régulariser la situation auprès des services de l'urbanisme.

— Non. Il n'y a pas eu besoin de permis de construire. Steven avait dit que...

Elle n'alla pas au-delà et se mordit la lèvre.

Guy posa doucement la main sur la sienne, pour la retirer aussitôt en la voyant sursauter, comme si ce contact la brûlait.

— N'y pense plus, dit-il d'un ton abrupt. C'est fait. Tu as une maison maintenant, tu n'as plus à t'inquiéter de ce qu'il va arriver à Toby, à Matty, et à Connie. Tu as ce souci en moins.

— Tu ne peux pas faire ça, Guy. Je ne te laisserai pas faire...

— Mais tu n'es pas en mesure de m'en empêcher, Francesca. Et puis, comme je te disais, c'est déjà fait.

Elle savait qu'elle aurait dû se sentir reconnaissante, mais il n'en était rien. Elle était surtout en colère.

— C'est absurde, Guy. Tu n'es pas responsable de nous.

Elle leva les yeux vers lui pour essayer de lire sur son visage. Elle ne vit rien. Mais comment pouvait-il cacher ses émotions aussi facilement ?

— Que te disait Steven dans cette lettre qu'il t'a laissée ?

— Il s'inquiétait pour Toby. C'est tout.

Ce fut dit si promptement qu'elle soupçonna Guy de lui mentir.

Ce n'était pas tout, non. Elle perçut un je-ne-sais-quoi dans son regard qui indiquait clairement que c'était loin d'être tout. Et qu'il ne lui en dirait pas davantage.

— Admets que c'est la solution la plus sage pour tous, reprit-il. Je n'ai pas besoin d'un appartement de deux cents mètres carrés qui reste inoccupé la plupart du temps. Tu as besoin d'un toit pour Toby et tous les autres. Et tu n'as pas, non plus, à te tracasser pour l'avenir. Vu que Steve est mort, j'ai fait modifier mon testament. Je te laisse tout.

— Guy…

Sa voix s'étrangla et elle sentit son cœur battre sourdement dans sa poitrine.

— Dans la vie, tout ne se passe pas toujours comme on l'avait prévu. Et c'est souvent ce que l'on n'avait pas prévu qui vous met en difficulté.

Toujours, pensa-t-elle.

Elle croyait avoir rencontré en Steven le prince charmant. Ils allaient avoir un bébé.

Et puis un jour, en entrant dans un restaurant, elle s'était aperçue que les choses n'étaient pas si simples…

Cela n'avait été qu'une illusion, bien sûr. Juste un éblouissement quand ses yeux avaient rencontré ceux de Guy Dymoke qui lui avaient fait entrevoir le vrai bonheur. Un instant si fugace qu'elle n'avait eu aucun mal par la suite à se persuader qu'elle avait été victime d'un mirage. Aussitôt après, en effet, c'est un tout autre homme qu'elle avait découvert, froid, distant, en tout point conforme au portrait que lui en avait brossé Steven. De sorte qu'elle avait réussi à oublier cet épisode. Et c'était aussi bien. D'ailleurs Steven l'aimait à la folie et elle était heureuse avec lui.

Seulement Steven lui avait menti. Il lui avait menti sur lui-même. Sur son frère. Et elle aussi avait menti. En fait, l'unique élément dans leur couple à n'être pas un mensonge, c'était Toby. Elle regarda le petit garçon qui dévorait le paysage des yeux.

— Tu n'as pas à me laisser tes biens, Guy. Laisse-les à Toby, dit-elle, quand elle fut de nouveau en état de parler. Il est ton héritier. Du moins, pour le moment.

— Tu es sa mère. Tu prendras soin de lui. Et en étant mariée avec moi, tu hériteras de tout sans que l'Etat prélève sa part au passage.

— Je t'en prie ! Tu n'envisages tout de même pas le mariage comme un moyen d'échapper aux impôts ?

— S'il m'arrivait quelque chose, tu serais contrainte de vendre la maison pour payer les droits de succession. Cela me paraît plus sensé ainsi.

— Très bien. Alors puisqu'on en est au chapitre des hypothèses, à mon tour ! Si j'ai bien compris, Guy Dymoke, nous nous marions. Quand tu n'es pas à l'autre bout du monde, tu vis dans ton petit appartement sous les combles. Quant à moi, j'occupe le reste de la maison avec ma bande de canards boiteux.

— C'est ça, oui.

— Maintenant dis-moi, qu'adviendra-t-il le jour où tu rencontreras la femme de ta vie et que tu tomberas amoureux ?

Fran avait débité sa question d'un trait, déchirée à la seule pensée que Guy puisse tomber amoureux.

— C'est la seule chose qui n'arrivera pas, Francesca, répondit-il d'une voix étrangement grave.

Sa conviction la troubla. Néanmoins, elle insista :

— Guy, je sais que tu passes le plus clair de ton temps dans le désert à prélever des morceaux de roches pour trouver du pétrole ou d'autres minéraux…

— C'est un peu plus technique que cela.

— … mais tu retournes dans le monde civilisé de temps en temps. Et n'essaie pas de me faire croire que tu es homosexuel. Ce n'est pas un sous-marin que j'ai vu dans la baignoire…

Elle s'interrompit, effarée de sa propre audace, et rougit violemment.

Mais Guy ne releva pas et ne fit aucun commentaire ironique comme elle pouvait le craindre. Il déclara simplement :

— Cela ne se produira pas, Francesca. J'ai déjà rencontré la femme de ma vie, la seule que j'aurais voulu épouser. Elle était amoureuse d'un autre.

Elle sut, sans l'ombre d'un doute, qu'il ne s'agissait pas d'un faux-fuyant et qu'il disait la stricte vérité. Et comme son instinct lui disait aussi que, pour lui, quand il aimait, c'était pour la vie, Francesca sentit s'éteindre quelque chose au fond d'elle-même, comme une mince lueur d'espoir…

Et tout ce qu'elle trouva à répondre fut :

— Je suis désolée. Je ne m'en doutais absolument pas.

— Steve, lui, était au courant. C'est pour cela qu'il m'a demandé de t'épouser. Et maintenant, si je tombe du haut d'une falaise ou si je suis dévoré par un crocodile, tu ne seras pas dans le besoin. Ainsi je peux partir sans avoir à m'inquiéter pour toi et pour Toby.

Quelle ironie ! Comme la vie faisait bien les choses ! Tous deux étaient amoureux de quelqu'un dont ils ne pouvaient espérer être aimés en retour. Ils formaient le couple idéal !

— Alors, c'est d'accord ? J'ai ton feu vert ?

— Pardon ?… Euh, ma foi, oui, murmura-t-elle, se résignant finalement à l'inéluctable. Ce serait pour quand ?

— Le plus tôt possible.

Francesca prit une profonde inspiration.

— Je ne vois pas l'utilité d'attendre, reprit Guy. C'est un arrangement strictement matériel. Je te promets que tu ne me trouveras pas de nouveau dans ta baignoire… avec ou sans sous-marin.

Le plus terrible dans l'histoire, c'était cette union uniquement dictée par des considérations matérielles…

— Steven n'est pas encore froid dans sa tombe, protesta-t-elle.

— L'idée est de lui, lui rappela Guy.

— C'est de la folie…

— Au contraire, Francesca. Le mariage simplifierait tout. C'est une simple formalité. Cela ne demandera qu'une dizaine de minutes et deux témoins. Je ne t'apprends rien. Tu es déjà passée par là. Mais contrairement à ton dernier mari, je ne vais pas m'envoler dans la nature et t'attirer Dieu sait quels problèmes.

— Non, tu resteras par ici et tu me causeras d'autres problèmes.

— Même pas.

Avant qu'elle ait pu répliquer, il poursuivit :

— L'officier d'état civil est disponible jeudi en huit. A onze heures quinze. Il n'est pas nécessaire de s'habiller pour l'occasion. J'admets que c'est très court comme délai, mais je dispose de peu de temps. Je repartirai le soir même.

— Tu repartiras ?

— J'ai un travail qui m'attend.

— Je comprends bien. Mais si je dois devenir ta femme, j'estime être en droit de savoir un peu plus précisément dans quel endroit du monde tu vas vivre ?

Il lui cita l'endroit exact.

— Mais… le pays n'est pas en guerre civile ?

— Tu as lu la presse. C'est bien, je n'ai pas à t'expliquer les risques. Tu comprends pourquoi je tiens à régler certains détails avant de partir.

— Mais Guy, il ne faut pas que tu partes ! Dans un tel contexte, c'est insensé !

— Tu serais une riche veuve.

— Je n'aime pas ton sens de l'humour ! Oh, et puis va-t'en au diable !

Elle se leva, incapable de supporter soudain d'être si près de lui. Incapable de supporter la façon dont il pouvait salir un geste, qui était beau et noble au départ.

Toby, qui était resté captivé par le panorama depuis le début, s'écria tout à coup :

— Regarde, maman ! Un bateau !

Heureuse de la diversion, elle s'approcha, luttant contre le vertige.

Au début, elle ne vit que le fleuve se déroulant vers Tower Bridge et la masse sombre du *Belfast,* tel un cuirassé miniature. Puis la réalité s'imposa : elle était suspendue dans les airs, au-dessus du vide. Sa bouche s'ouvrit pour inspirer une grande goulée d'air.

— Oh, non…, murmura-t-elle, cherchant désespérément une prise alentour. Mon Dieu…

En l'espace d'une seconde, Guy fut près d'elle et la cueillit dans ses bras, lui offrant le solide réconfort de sa poitrine le temps que se dissipe son vertige. Alors seulement, il l'aida à rejoindre la banquette au milieu de la nacelle. Mais même là, il la garda contre lui, blottie au creux de son épaule.

— Je suis désolé, chuchota-t-il dans ses cheveux, si près que cela aurait pu être un baiser. Je suis désolé. Pourquoi n'as-tu rien dit ?

Elle ne répondit pas et resta simplement là, dans le havre de son étreinte, laissant son pouls s'apaiser peu à peu jusqu'à atteindre le même rythme régulier que le cœur de Guy et battre à l'unisson avec lui.

Puis Toby vint se faufiler près d'eux et Guy l'enveloppa de son bras pour l'attirer plus près. Les tenir l'un et l'autre en sécurité contre lui.

— Avez-vous les alliances ?

Les alliances ! Elle avait complètement oublié…

Mais Guy, bien sûr, y avait pensé. Il sortit de sa poche deux anneaux d'or, tout simples, et les posa sur le coussin de velours devant eux. Ensuite, il prit le plus petit des deux, puis la main de Francesca et, tout en glissant la bague à son doigt, déclara :

— Je m'engage à prendre pour épouse Francesca Elizabeth Lang, ici présente…

En écoutant Guy prononcer d'une voix ferme son serment, Francesca eut l'impression de vivre quelque chose d'irréel. Il lui avait fallu cinq ans pour échapper à un premier « mariage de convenance ». Mariage qui s'était révélé source de problèmes, mais au moins avait-elle eu la consolation de s'être mariée pour une cause idéologique.

Cette fois, elle avait presque réussi à s'en convaincre également. Ce n'était pas pour elle qu'elle se mariait, mais pour protéger Toby, Matty et Connie.

Seulement voilà, maintenant qu'elle se trouvait près de Guy, main dans la main avec lui, elle savait qu'elle avait d'autres motivations. Elle ne l'épousait pas juste pour garantir un toit à sa famille, mais pour elle. Parce qu'elle espérait en secret que cette union ne se limiterait pas à une simple cohabitation épisodique, un avantage fiscal ou autre, mais qu'elle irait bien au-delà. Vers une relation profonde et vraie.

Elle s'aperçut que l'officier d'état civil la regardait avec l'air d'attendre quelque chose.

— Je jure devant les personnes ici présentes…, commença-t-il

Fran ouvrit la bouche mais aucun son n'en sortit. Elle ne pouvait pas faire cela. Sacrifier à ce mensonge. Elle ne pouvait pas recommencer. Il ne fallait pas.

Sous la panique qui la gagnait, sa respiration s'accéléra. Elle était certaine que quelqu'un allait surgir dans la pièce et la démasquer, dévoiler au grand jour leur supercherie.

— Francesca ?

Le visage de Guy était grave, son regard droit et ferme. Puis, comme s'il lisait dans ses pensées, il lui serra doucement la main, comme pour dire : « C'est bon. Je comprends. Tu ne fais pas cela pour toi… »

Alors, elle prit enfin l'anneau d'or, le cœur battant à tout rompre. Elle se sentait étourdie, sa tête flottait, légère, et sa voix lui fit l'effet de venir de très loin lorsqu'elle prit lentement la parole tout en glissant l'alliance au doigt de Guy. Pesant chaque mot avec soin, elle déclara :

— Je jure…

Elle avait déjà fait cela par le passé, mais cette fois-ci, c'était différent. Cette fois-ci, elle adhérait pleinement à cet acte. Même si Guy ne devait jamais le savoir, le serment qu'elle prononça émanait du plus profond de son cœur.

Quand ce fut fait, elle leva les yeux vers Guy, en essayant de se donner un air détaché, et faillit demander : « Et maintenant, quel est le programme ? »

Ce fut l'officier d'état civil qui répondit d'une certaine façon à sa question en déclarant avec un sourire :

— Vous pouvez embrasser la mariée.

Il s'écoula quelques secondes avant que Guy ne se décide à unir leurs lèvres.

Le contact ne dura qu'un instant, mais il la brûla jusqu'au tréfonds de l'âme, au point qu'elle crut presque défaillir. Et comme un léger tremblement la saisissait, elle s'écarta avant qu'il ne la trahisse.

Elle n'osa regarder Guy de crainte de ne pouvoir supporter la vue de son visage dénué d'émotion. Et pendant qu'il signait le registre, elle remercia les deux employées qui avaient abandonné leur travail une dizaine de minutes pour leur servir de témoins.

— Francesca ?

Guy lui tendit le stylo et, d'une main tremblante, elle apposa sa propre signature sur le cahier tandis qu'il empochait le certificat qui les consacrait, officiellement, mari et femme.

Après quoi, la prenant par le bras, il l'entraîna avec lui, proche de l'évanouissement.

# 8.

— Francesca ? Tu vas bien ?

Elle suffoquait et secoua la tête, incapable de répondre.

— Prends ton temps, lui dit Guy.

— Excuse-moi. Tout cela était…

Elle n'essaya même pas d'achever sa phrase. Aucun mot ne pouvait exprimer ce qu'elle éprouvait. Le fait d'avoir ce que vous désirez le plus au monde, sans l'avoir pour autant, et savoir que cela restera à jamais inaccessible.

— Je sais, dit-il.

— Non, Guy. Tu ne sais pas, je t'assure.

Il la regarda avec attention, et elle fut bouleversée par l'éclair de souffrance qui traversa son regard. Elle se rappela brusquement qu'il aimait une femme qui ne pourrait jamais devenir sienne parce qu'elle-même en aimait un autre.

— Pardonne-moi, murmura-t-elle, posant une main sur son bras. Je ne devrais pas agir ainsi avec toi.

— Je comprends comme cela a dû être difficile pour toi. Je regrette que tout ait dû se faire si vite.

— Cela n'aurait rien changé.

— Probablement pas, répondit-il, sans saisir apparemment son allusion à cet amour qu'il n'aurait jamais. Je m'étonne que tu n'aies pas fait venir Matty et Connie. Elles auraient pu être nos témoins.

Francesca ne releva pas. Elle laissa Guy lui prendre la main et l'emmener jusqu'à la voiture. Il lui ouvrit la portière et l'invita à monter avant d'aller s'installer au volant.

— Je ne leur ai rien dit à propos de… de tout cela. Je ne voulais pas qu'elles se sentent…

Elle s'interrompit, n'osant prononcer le mot, mais il le devina aisément.

— Coupables ?

— Responsables. Je leur ai simplement dit que tu avais acheté la maison et que tu comptais faire aménager les combles pour t'y installer.

— Et elles se sont contentées de ces explications ? Même Matty ?

Fran se rappela comme sa cousine avait paru soulagée ; contrairement à son habitude, elle n'avait pas cherché à en savoir davantage, et Francesca, trop heureuse d'échapper à un interrogatoire délicat, n'avait pas épilogué.

— Dis-toi que tu n'as fait tout cela que pour elles, dit Guy. Et pour ton fils.

Elle jeta un coup d'œil dans sa direction. Concentré sur sa conduite, il ne présentait que la ligne dure, implacable de son profil. Comment réagirait-il si elle lui avouait la vérité ? se demanda Fran. Il serait horrifié, sûrement.

— Qu'aurais-tu fait si j'avais refusé ?

— C'était la dernière volonté de Steve. Je ne pense pas que tu lui aurais refusé quoi que ce soit… Et même si tu en avais eu la tentation, je n'étais pas disposé à plier.

— Ah, bon ? fit-elle, d'un ton de défi. Quoique cela ne m'étonne pas. Steven m'a dit un jour que tu n'avais été obligé de céder qu'une seule fois dans ta vie. Dans quelles circonstances au juste ? Devant un rhinocéros qui te chargeait ?

— Quelque chose de tout aussi obstiné, répondit-il avec un sourire lointain. Les sentiments humains… Mais dans le cas présent, il n'en a pas été question, ajouta-t-il, si durement qu'elle frissonna. C'est pourquoi je n'étais pas disposé à accepter un refus, madame Dymoke.

Elle comprit que ce « Mme Dymoke » n'était destiné qu'à lui montrer l'ampleur de son obstination.

— C'est Mlle Lang, rectifia-t-elle sèchement. Et ce sera toujours Mlle Lang…

Elle regarda l'anneau d'or qui brillait à son doigt, étincelant et pur, et tira dessus pour s'en débarrasser. Comme il résistait au niveau de l'articulation, elle le tourna rageusement d'un côté et de l'autre. Sans succès.

Quand il s'arrêta au feu rouge suivant, Guy posa une main sur la sienne pour l'empêcher de continuer.

— Laisse, Francesca.

Quelque chose dans sa voix la fit se tourner vers lui, espérer…

— Tu vas te faire mal, dit-il, retirant sa main comme s'il se brûlait.

Comprenant qu'elle s'était méprise, elle tira de nouveau sur l'alliance, juste pour lui montrer qu'elle se moquait d'avoir mal, qu'elle voulait s'en libérer.

— Elle est beaucoup trop petite, marmonna-t-elle, oubliant que Guy n'avait eu aucune difficulté pour la glisser à son doigt.

— Tu l'enlèveras sans problème avec un peu de savon quand tu seras à la maison.

— Il n'est pas question que je rentre à la maison avec ça !

Il eut un mouvement de recul comme si elle lui avait asséné un coup de poing.

— Je ne veux pas que Matty ou Connie sachent, reprit-elle plus doucement, regrettant immédiatement ses paroles blessantes. Ce mariage… si tôt après la mort de Steven. Elles ne comprendraient pas.

— Je n'en suis pas si sûr. A mon avis, elles ont davantage confiance en toi que tu n'en as toi-même.

De nouveau, il y eut cette douceur inattendue dans sa voix...

— Mais après tout, c'est toi que cela regarde, conclut Guy. Au fait, avant que j'oublie... Voilà tes nouvelles cartes bancaires, ajouta-t-il, sortant une épaisse enveloppe de la boîte à gants.

— Mais...

— Pourquoi tu ne t'offrirais pas un peu de shopping pour soigner ton blues ? Ou un bon repas chez Harvey Nicks ou Claibournes ? Je suis sûr que tu trouveras dans leurs toilettes tout le savon nécessaire pour te *purifier* après ces récents événements.

— Arrête !

Comme elle ne prenait pas l'enveloppe, il continua d'une voix plus douce :

— Tu es ma femme. Tout ce que je possède est aussi à toi.

En parlant, il essuya une larme sur la joue de Francesca.

Elle le sentait plus proche. Elle n'aurait eu qu'à faire un geste pour combler le fossé qui les séparait, se blottir dans ses bras.

— Il faut vraiment que je parte, Francesca, dit-il, jetant l'enveloppe sur ses genoux.

Et le fossé redevint un abîme.

— Que tu partes ? Où donc ?

Soudain elle comprit : il voulait dire quitter Londres, prendre un avion, s'envoler à l'autre bout du monde pour son travail.

— Déjà ? fit-elle. Sans dire au revoir à Toby et à Matty ?

— Je leur ai fait mes adieux hier. Quand tu étais au bureau.

— Ils ne me l'ont pas dit... Toby était bien calme, hier soir. J'aurais dû me douter que quelque chose lui avait fait de la peine.

— Je lui ai promis que je reviendrais dès que possible.

— Tu as intérêt !

Sa voix s'étrangla dans un sanglot et elle eut toutes les peines du monde à se ressaisir. Elle n'avait aucune raison de pleurer. Il s'agissait d'un mariage de convenance. Il n'y était pas question de sentiments.

— Les jeunes enfants ne comprennent pas quand les gens s'en vont et ne reviennent pas, reprit-elle d'une voix mal assurée. J'ai expliqué à Toby que son papa était avec Jésus, mais à mon avis, il doit s'imaginer qu'il est parti pour un de ses voyages d'affaires. Et qu'il sera de retour dans une ou deux semaines.

Guy ne sut que répondre. Il vivait là un véritable déchirement. Il avait eu ce à quoi il aspirait le plus au monde et, dans le même temps, l'avait perdu. Initialement, son intention était de l'emmener déjeuner quelque part, de faire durer le plus possible l'illusion qu'elle lui appartenait. Mais il ne pouvait pas faire cela. Ce n'était plus possible après l'empreinte brûlante qu'avait imprimée en lui ce baiser, une empreinte telle que, depuis, il ne pouvait penser à rien d'autre. Il espérait juste que ce souvenir remplacerait le rêve qui le hantait depuis si longtemps, car c'était tout ce qu'il aurait de Francesca.

Elle aimait Steve, envers et contre tout. Et rien ne changerait. Jamais.

L'avion de Guy ne décollait qu'en début de soirée, mais plus tôt il serait à l'aéroport, mieux ce serait.

— Je ne décevrai pas Toby, reprit-il. Je t'en donne ma parole.

Elle ne répondit rien et regarda l'immeuble devant lequel ils stationnaient, puis la Tamise au-delà.

— C'est ici que tu habites ?

— Que j'habitais. Quelqu'un viendra récupérer les quelques affaires que je compte laisser à Elton Street. Si tu veux bien que je les y dépose le temps que les travaux d'aménagement soient terminés ?

— Evidemment.

— Je dois juste aller chercher mes bagages puis déposer les clés au bureau. Tu peux prendre la voiture et la garder, dit-il en lui tendant les clés. Elle est assurée.

— Mais comment iras-tu à l'aéroport ?

Sans attendre sa réponse, elle descendit de voiture et enchaîna :

— Quelle question. Je t'accompagne, évidemment… C'est ce que font toutes les épouses en pareil cas, non ? ajouta-t-elle avec un sourire contraint.

Guy la regarda par-dessus le toit de la voiture et, ce fut plus fort que lui, lança :

— Tu n'as peut-être pas envie de t'aventurer dans *tout* ce que font les épouses, Francesca…

Puis, comme elle rougissait, il eut pitié d'elle.

— Rassure-toi. Je n'espère pas que tu te métamorphoses en épouse parfaite. Après tout, nous n'avons personne à convaincre l'un et l'autre, et je ne t'imagine pas vraiment comme ce genre de femmes se levant à l'aube tous les matins pour conduire leur mari à la gare, un manteau enfilé par-dessus leur chemise de nuit.

— Et pourquoi pas ?

Elle portait un élégant tailleur gris perle, des talons aiguilles, et avait les cheveux relevés en un savant chignon. Steve l'avait modelée selon son idéal féminin. Ces femmes qui ne devaient jamais laver une assiette ou repasser une chemise, juste être belles, bien présenter et témoigner aux yeux du monde de la réussite de leur mari. Mais le regard de Francesca exprimait un tout autre langage, et Guy l'imaginait différemment… Les cheveux décoiffés, sans maquillage, toute tendre et alanguie, avec l'empreinte de son corps sur le sien…

Il serra les poings. Il n'en pouvait plus.

Il venait de vivre une terrible épreuve. Dieu qu'il lui en avait coûté de jurer amour et fidélité à Francesca tout en devant la convaincre qu'il se contentait d'accomplir un devoir envers son frère ! Car, contrairement à elle, il était sincère et pensait chaque mot du serment qu'il avait prononcé. Elle avait hâte d'être débarrassée de lui, alors qu'il était désespéré à l'idée de la quitter. De plus, il imaginait aisément Steve qui, de là où il se trouvait, devait l'observer et se moquer de lui. Il lui semblait même l'entendre lui dire : « Tu l'as voulue ? Eh bien, tu l'as maintenant ! »

Il n'avait vraiment compris à quel point ce serait difficile que lorsqu'ils étaient sur la grande roue et qu'elle s'était abandonnée un moment contre lui. Là, il avait soudain pris conscience qu'il avait tout à la fois perdu et gagné. Qu'elle ne l'épouserait que dans l'intérêt de sa famille, uniquement. Qu'il ne servait à rien d'espérer qu'elle fasse un jour son deuil de Steve et commence à s'attacher à lui.

Dès l'instant où l'argent était devenu le principal moteur entre eux, tout espoir d'une relation affective avait dû être mis en suspens. Comment pourrait-il lui révéler maintenant ses véritables sentiments ? Elle ne saurait jamais avec certitude s'il était sincère, s'il ne cherchait pas à profiter de la situation et n'espérait pas davantage qu'un mariage blanc en échange de ses largesses.

Et c'était valable dans les deux sens. Si elle se donnait à lui, il se demanderait toujours si ce n'était pas par résignation, parce qu'elle pensait n'avoir pas le choix.

Il allait devoir patienter. Ne pas la brusquer. Peut-être qu'un jour parviendrait-elle à lui faire confiance. A l'aimer. Il était capable d'attendre, il avait vécu trois ans sans espoir. Maintenant qu'existait une toute petite possibilité de la conquérir, aussi ténue fût-elle, il était prêt à attendre toute la vie…

Aussi, au lieu de chercher à s'imposer auprès de Francesca, il avait passé du temps avec Toby, avait rendu visite à Matty, avait fait honneur aux plats de Connie. Il s'en était fait des amis, des alliés. Mais il avait laissé à Francesca tout l'espace auquel elle aspirait visiblement. Même la brute la plus épaisse aurait compris qu'ayant accepté de l'épouser par obligation, elle tenait avant tout à l'éviter.

Mais pour l'heure, tous ces beaux raisonnements sonnaient creux. Guy bouillait intérieurement. Il aurait voulu donner des coups de pied, hurler de douleur et de rage. Hélas, il devait avoir l'air civilisé, se comporter comme un homme que rien n'affecte.

Jamais de toute sa vie il ne s'était senti aussi près d'exploser.

En vérité, il ne pouvait supporter qu'elle reste plus longtemps ainsi, près de lui, avec son parfum qui l'ensorcelait, ses cheveux lisses, lustrés qu'il brûlait de libérer de leurs épingles, de caresser, d'emmêler...

Elle exerçait sur lui un pouvoir comme nulle autre femme avant elle. Pour la première fois, une femme lui faisait perdre la raison.

Il avait eu raison de se tenir à l'écart pendant toutes ces années. Et il n'aurait jamais dû revenir.

Oh, il se doutait que cela n'était pas facile pour elle non plus. Elle venait de perdre l'homme qu'elle aimait, et il avait bien perçu son combat intérieur, il avait senti sa main trembler dans la sienne quand elle avait à peine trouvé la force de prononcer son serment. Il avait vu sa douleur quand, choquée par son apparente indifférence, elle avait voulu arracher son alliance et la lui jeter à la figure. Et il était immensément malheureux pour elle.

— Franchement, ce n'est pas la peine que tu m'emmènes à l'aéroport, dit-il d'un ton brusque. Je prendrai un taxi pour aller au bureau et quelqu'un m'y accompagnera.

— Ta secrétaire ?

— Elle est un peu plus que cela... Est-ce un problème ? demanda-t-il, ayant décelé une pointe d'agressivité dans sa voix.

— Elle est jolie ?

Il l'étudia plus attentivement. Aucun doute, quelque chose la contrariait. Etait-elle jalouse ? Ce mince espoir le fit presque sourire.

— Catherine ? Elle est grande, blonde et merveilleuse.

Ce qui était la vérité : elle était grande et blonde, et c'était une merveilleuse gestionnaire.

— Sais-tu que tu commences à ressembler à une épouse jalouse ? ne put-il s'empêcher d'ajouter. Etais-tu ainsi avec Steve ?

Elle considéra un instant son alliance, puis leva vers lui ses cils extraordinairement longs.

— Je n'étais *pas* mariée avec lui, Guy. Peut-être ferais-je mieux d'enlever cette bague avant que je perde complètement la notion des réalités. Tu dois bien avoir un peu de savon, chez toi ?

Ne pouvant refuser, il glissa sa carte magnétique dans la serrure de l'entrée, s'effaça pour laisser le passage à Francesca et appela l'ascenseur. Les portes coulissantes aussitôt s'ouvrirent et ils s'élevèrent rapidement sans un mot jusqu'au dernier étage.

Et là, sur le seuil de l'immense salle de séjour, Fran resta littéralement sans voix.

Elle n'ignorait pas que Guy était riche. Steven le lui avait bien assez souvent répété, et elle-même avait pu le vérifier quand, en l'espace d'une journée, Guy avait réuni les fonds nécessaires pour acheter sa maison. Mais l'appartement, par son raffinement, son luxe discret, ses proportions, le lui prouvait au-delà de toute ambiguïté.

De magnifiques sièges de cuir invitaient à la paresse et à la détente. Des tapis d'Orient jetés çà et là sur le parquet de bois blond réchauffaient la pièce de leurs riches couleurs, et les murs s'ornaient de superbes tableaux.

Guy lui avait dit qu'il s'agissait pour lui d'un simple pied-à-terre lorsqu'il venait à Londres. Un placement financier. Peut-être cela l'était-il devenu, mais Fran ne pouvait croire qu'il ait été conçu initialement dans cette optique. C'était la demeure d'un homme qui l'avait pensée, réfléchie, d'un homme qui avait soigné les détails dans un but précis. C'était un logement destiné à être partagé avec quelqu'un. Et elle devina, d'instinct, que Guy l'avait aménagé avec, à l'esprit, la femme qu'il aimait.

Rien d'étonnant à ce qu'il ait été si réticent à l'y emmener. Si elle avait su qu'il devait renoncer à cet appartement pour liquider les dettes de Steven et financer la maison, elle aurait… Qu'aurait-elle fait, au juste ? S'y opposer ? Elle savait pertinemment qu'il n'aurait pas accepté un refus.

Guy resta à l'écart, dans le large encadrement de la porte, le cœur battant tandis qu'elle visitait la pièce, effleurant ici la tranche de cuir d'un livre, contemplant là un tableau. Essayant de se mettre mentalement à la place de Guy, d'imaginer la femme qui avait inspiré tant d'élégance et de délicatesse. S'efforçant de trouver une cohérence dans tout cela.

— Je vais chercher mes bagages, laissa-t-il brusquement tomber.

— Non ! s'exclama-t-elle, lui faisant face. Qu'as-tu fait, Guy ? Cet appartement ne ressemble en rien à ce que tu m'avais décrit. C'est un endroit plein de chaleur, plein de choses merveilleuses !

— Je n'ai jamais prétendu qu'il était laid. Simplement il ne correspond plus à mes besoins.

— Et tu l'as vendu ? Comme ça ? Pour acheter ma maison ?

— Francesca…

Il allait lui mentir, elle le devina à la façon dont il détourna les yeux, et elle ne le laissa pas poursuivre.

— Guy, ne me crois pas plus bête que je ne suis. Ces tableaux valent une fortune, déclara-t-elle, avec un large geste vers les toiles qui se trouvaient aux murs. Un seul d'entre eux aurait suffi.

Il y eut un silence.

— Oui, probablement… Tu as raison, je n'ai pas vendu l'appartement. Je le loue en l'état à une banque américaine qui en fait bénéficier son P-DG.

— Tu le loues ? Tu le loues ? répéta-t-elle, atterrée. Avec tous ces… ces objets précieux ?

— Crois-moi, le loyer est à la hauteur de leur valeur et du standing de l'appartement.

— Mais… pourquoi ?

— Je te l'ai dit. Je l'ai acheté pour faire un placement, et il s'est avéré fructueux. J'ai triplé mon investissement de départ. J'aurais dû le louer plus tôt, d'ailleurs. C'était un manque à gagner considérable de l'avoir laissé inoccupé. Il sera beaucoup plus avantageux, financièrement, que je loge à Elton Street.

L'argent ? Cela n'aurait-il été que sa seule préoccupation ? Elle ne le croyait pas un instant.

— Je voulais dire, pourquoi m'as-tu menti ?

— Je ne t'ai pas menti. Tu as cru que j'avais dû le vendre et je ne t'ai pas contredite.

— Mais pourquoi ? insista Francesca.

Parce qu'il était idiot. Parce qu'il voulait l'aider, mettre tout ce qu'il avait à sa disposition, lui offrir non seulement un toit, mais tout ce dont elle pourrait avoir besoin.

Parce qu'il l'aimait.

Autant de raisons qu'il ne pouvait invoquer pour justifier une attitude qui d'ores et déjà devait sembler irrationnelle. Mais quoi qu'il dît, cela ne ferait qu'empirer davantage la situation, et il alourdirait le fardeau de Francesca en lui avouant une passion dont elle ne voulait pas. C'était trop prématuré. Trop tôt après la mort de Steve. Car même si, par miracle, elle éprouvait aussi des sentiments pour lui, elle ne l'admettrait jamais.

— Il n'y a rien qui tourmente davantage que de se sentir coupable.

— Coupable ? répéta-t-elle, l'air déconcerté.

— C'est Steve qui m'a appris cela. Tu as raison. J'aurais très bien pu m'arranger autrement. Mais j'avais besoin que tu m'épouses.

— Besoin ?

Il sut qu'avec sa réponse, il allait rompre tout lien qu'il avait pu forger avec elle au cours des derniers jours. Briser les rêves qui le hantaient. Il avait lié à lui cette femme par amour, avec l'espoir qu'il puisse un jour gagner son affection, sa confiance. Son amour.

Et maintenant, il allait lui donner la possibilité de le détester pour tout cela. Il allait la perdre pour toujours.

— Oui, Francesca. Sans doute est-ce l'occasion pour moi de te dire que Tom Palmer est en train de monter un dossier pour l'adoption de Toby. Une simple formalité. Je veux juste m'assurer que, quand tu rencontreras quelqu'un d'autre, je conserverai certains droits. Que Toby ne disparaîtra pas de ma vie, du jour au lendemain.

— Quand... quand je rencontrerai quelqu'un d'autre ? Mais tu es fou ! Steven est mort depuis moins d'un mois ! C'est lui qui t'a demandé ça dans sa lettre ? s'enquit-elle après un silence, d'une voix tendue.

Comme il eût été facile de mentir. De faire porter la responsabilité à Steve.

— Non, il ne l'a pas proposé. Mais il est vrai que j'ai toujours eu, plus que mon frère, le sens des réalités. Toby est mon unique famille à présent. Qu'il ne te vienne même pas à l'idée, Francesca, d'essayer de me mettre des bâtons dans les roues. Et si tu en étais tentée quand même, rappelle-toi tes responsabilités et n'y pense plus.

— Salaud !

— Eh bien, oui, Steve t'avait prévenue. Tu aurais dû l'écouter.

— Tu ne peux pas faire ça ! s'exclama-t-elle, dans une explosion d'impuissance et d'indignation. Je ferai annuler le mariage !

— Sur quels fondements ? Il ne te sera pas facile de prouver qu'il n'a pas été consommé si je n'abonde pas dans ton sens. Et je ne le ferai que dès lors que j'aurai obtenu gain de cause.

— Crois-tu que je sois disposée à attendre ? Je retourne de ce pas voir l'officier d'état civil ! Je vais tout lui expliquer...

Et elle se dirigea vers la porte, le visage défait pas la souffrance.

Guy n'avait pas voulu cette réaction-là. Il avait juste voulu la mettre suffisamment en colère pour qu'elle parte, qu'elle le laisse, qu'il puisse recouvrer son calme. Mais pas de cette façon. Pas avec cette violence et cette haine. Non ! Il ne pouvait la laisser s'en aller ainsi.

— Francesca, attends !

Elle passa droit devant lui, le regard dur, et, en désespoir de cause, il la saisit par la manche. Elle se retourna dans un élan de colère et faillit perdre l'équilibre.

— Arrête…, murmura-t-il en la retenant par le bras.

Elle avait la respiration saccadée, les joues en feu, et son chignon s'était défait. Tout son visage était habité par l'angoisse et la peur, comme si son désespoir était tel que rien ne pouvait le guérir. Et des larmes inondèrent ses yeux tandis qu'il la tenait ainsi, impuissante et captive. Mais elle ne rendit pas les armes pour autant. Elle redressa le menton, leva les bras pour rattraper les mèches échappées de son chignon, comme si elle espérait recouvrer quelque dignité en remettant de l'ordre dans sa coiffure.

Mais elle posa les yeux sur lui, et ce fut comme si toute notion de temps était soudain abolie. Son regard, qui un instant plus tôt avait la froideur de l'acier, se mit à luire, puis s'assombrit…

Ni l'un ni l'autre ne parlèrent. Elle laissa juste retomber ses cheveux, qui roulèrent sur ses épaules, telle une pluie d'or dans le soleil d'automne qui entrait par la fenêtre. Il aurait pu croire à un rêve de plus, sauf que lorsqu'il posa doucement la main sur sa joue, il en perçut la chaleur sous sa paume. Et quand il resserra son étreinte autour de la taille de Francesca, son corps épousa le sien comme s'ils étaient conçus l'un pour l'autre. Et quand il se pencha pour l'embrasser, ses lèvres s'offrirent, douces, brûlantes, en tout point conformes à ce dont il avait rêvé.

Il avait maintes et maintes fois vécu ce moment en imagination. Il en connaissait le scénario sur le bout du doigt. Il savait comment il la soulèverait dans ses bras pour l'emporter dans la chambre, la déshabillerait, sans hâte, explorerait son corps jusque dans ses moindres secrets, de ses mains, de ses lèvres, jusqu'à la faire chavirer. Jusqu'à ce que lui-même ne puisse différer plus longtemps le moment de la posséder. Dans son esprit, dans son cœur, il savait que ce serait beau et fort, quelque chose d'unique que ni lui ni elle n'oublieraient jamais, quoi qu'il puisse advenir par la suite.

En réalité, ce fut une union rapide, impétueuse, purement physique, l'union de deux êtres éperdus de désir. Pas de mots tendres, pas de promesses, rien de doux ni de généreux. Et pourtant c'était l'acte le plus parfait qui soit, car il correspondait exactement à ce que tous deux souhaitaient.

Et pour Guy, ce fut l'aboutissement auquel il aspirait depuis la seconde où elle lui était apparue dans ce restaurant, trois ans plus tôt. Il savait maintenant que rien ne surpasserait jamais l'exultation qu'il éprouva quand il plongea en elle, rien ne rivaliserait jamais avec la folle excitation de ses ongles s'enfonçant dans ses épaules. Il avait aussi la certitude, à présent, qu'une même passion la brûlait tandis qu'elle le plaquait contre elle, criant le plaisir qui montait en elle, enfouissant son visage contre son épaule, ses lèvres dans son cou quand, dans un cri de triomphe, il la fit sienne, et se sentit à son tour possédé.

Il avait toujours su qu'elle était la seule femme au monde capable de lui faire perdre la tête. Elle venait de le lui prouver sans la moindre ambiguïté. Et tandis qu'il la tenait, étroitement serrée, ses cheveux contre sa joue, ses lèvres dans ses cheveux, il crut bel et bien avoir perdu la raison. Tant qu'elle se cramponnait à lui, dérivant dans la douce tendresse qui succède à la passion, il pouvait espérer.

Et quand enfin elle leva la tête, ses yeux encore luisants des voluptés de l'amour et sa bouche doucement entrouverte lui apportèrent la bienheureuse certitude que l'espoir était devenu réalité.

Mais l'instant d'après, il s'aperçut que ses yeux luisaient non d'amour mais de larmes.

Il ne s'était pas trompé. Comme lui elle n'oublierait jamais ces instants. Mais pas pour les mêmes raisons que lui.

Guy relâcha légèrement la pression qui la maintenait contre le mur et l'aida à retrouver son équilibre. Il la regarda rassembler ses vêtements, rajuster sa jupe, et cela sans qu'elle cesse de pleurer à grosses larmes. Des larmes qui lui déchiraient le cœur. Il aurait voulu dire quelque chose, mais aucun mot ne pouvait exprimer ce qu'il ressentait.

Comment lui dire, maintenant, qu'il rêvait de ce moment depuis trois ans déjà ? Qu'il l'aimait, tout simplement, depuis l'instant où il avait posé les yeux sur elle. Comment lui expliquer ce curieux sentiment qu'il avait ressenti alors, à la lecture des dernières volontés de Steve, ce sentiment terrible où son sens du devoir s'était mêlé à sa passion ? Comment pourrait-elle le croire ? C'était tellement insensé ! Comment lui demander pardon alors qu'il ne pourrait jamais se pardonner lui-même ?

La mort dans l'âme, il ramassa sans un mot sa veste et la lui tendit.

— La salle de bains ? demanda-t-elle si bas qu'il l'entendit à peine.

— Par ici…

Il poussa la porte de sa chambre. Le lit, demeuré intact, parut le narguer.

— Tu trouveras tout ce dont tu as besoin, lui dit-il.

Du savon et de l'eau pour se laver de lui.

Elle s'engouffra dans la pièce sans le regarder, le laissant seul avec ses pensées. Il songea à l'avenir qui l'attendait, plus lugubre qu'il n'aurait pu l'imaginer une semaine plus tôt. Une heure plus tôt. A ce moment-là, il avait encore quelque espoir.

Comme il reboutonnait sa chemise, il s'aperçut que plusieurs boutons avaient été arrachés, et en prit une nouvelle dans son sac de voyage. Il s'apprêtait à jeter celle qu'il venait d'enlever dans la corbeille à linge mais s'interrompit, la porta à son visage et respira quelques instants le parfum de Francesca avant de la fourrer d'un geste rageur dans son sac.

Fran ne prit pas de douche. Si elle se déshabillait, il lui faudrait remettre les mêmes vêtements, et il n'en était pas question. Ils iraient directement à la poubelle dès qu'elle rentrerait chez elle.

Elle se contenta de s'asperger le visage d'eau fraîche, se lava les mains, remit un semblant de discipline dans ses cheveux, puis s'observa quelques instants dans le miroir.

Ses lèvres étaient meurtries, ses yeux sombres et luisants. Un bouton manquait à sa veste, et il y avait un trou à son bas. Elle ressemblait exactement à ce qu'il devait penser d'elle : une femme qui, face à un homme, avait utilisé la plus vieille ruse au monde pour se tirer d'affaire.

Mais au-delà, c'était comme si elle était remontée dans le temps jusqu'à ce moment où ses yeux s'étaient posés sur lui pour la première fois, et où elle avait compris ce qu'il lui arrivait. Un coup de foudre. En une fraction de seconde, elle avait su qu'elle avait devant elle l'homme qui lui était destiné, et aussi l'homme qu'elle ne pourrait jamais avoir. Sauf qu'aujourd'hui, tout ce désir longtemps refoulé s'était libéré dans un déchaînement de passion incontrôlée. Une passion merveilleuse d'authenticité. Une passion que plus rien ne pouvait entraver. Mais une passion qui n'était pas partagée.

Elle respira profondément plusieurs fois, et retourna rejoindre Guy.

Elle le trouva dans la cuisine, à demi affalé sur la table, le visage dans les mains, le regard fixe, halluciné.

— Guy ? Ça va ?

Il sursauta et tourna la tête vers elle.

— Pardon ?

— Veux-tu quelque chose ?

— Non, non… Il faut vraiment que je parte. Mais sers-toi, tu as tout le temps…

— Nous en avons déjà parlé, Guy. C'est moi qui t'emmène à l'aéroport. Donc s'il est l'heure, allons-y.

— Fran…

D'instinct, elle l'interrompit. Elle ne voulait pas l'entendre dire qu'il regrettait.

— Non, Guy ! Non, je t'en prie, ne dis rien… C'est arrivé… N'y pensons plus, voilà.

Pendant quelques instants, ils se fixèrent intensément, et elle comprit qu'il était aussi bouleversé qu'elle. Et qu'il devait s'en vouloir d'avoir trahi la mémoire de Steven.

— Si tel est ton souhait… Allons-y, dit-il en se levant.

Le trajet jusqu'à l'aéroport fut éprouvant. Les embouteillages. La pluie. Un silence pesant. Pourtant elle aurait eu tant à dire, pensait Francesca. Mais c'était impossible. Il l'avait épousée par devoir. Parce qu'il se sentait coupable. Parce que c'était la dernière volonté d'un frère à qui il avait le sentiment d'avoir fait du tort. Il n'avait pas prévu qu'il aurait affaire à une femme qui se jetterait à sa tête à la première occasion.

A l'aéroport, il s'arrêta dans la zone de stationnement rapide et elle descendit de voiture pour prendre sa place au volant tandis qu'il déchargeait ses bagages du coffre. Et elle ne trouva rien d'autre à dire que :

— Prends bien soin de toi, Guy. Ne fais pas de bêtises, d'accord ?

— C'est un peu tard pour s'en préoccuper, tu ne crois pas ? répliqua-t-il, avec un regard en biais.

— Ce n'est pas…

— Je sais, l'interrompit-il. Je suis désolé.

— Guy, pour Toby…

— C'est ton fils. Rien ne peut se faire sans ton accord. Quand je disais…

— Je voulais juste te dire que tu lui manqueras, l'interrompit-elle à son tour. Il ne faudrait pas que… qu'à cause de ce qu'il s'est passé… nous ne te revoyions plus.

— Lui aussi me manquera, répondit Guy, mais sans rien promettre sur le reste. Si tu as le moindre problème, que tu as besoin de quoi que ce soit, tu n'auras qu'à appeler mon bureau ou aller voir Tom. Il veillera sur toi.

— Qui veillera sur toi, Guy ?

— Moi ? Je n'ai besoin de personne pour s'occuper de moi.

— Je parle sérieusement. Tu pars dans un pays dangereux. Faut-il vraiment que tu y ailles ?

Il approcha sa main de son visage comme pour lui caresser la joue puis, se ravisant, il serra le poing et empoigna son sac.

— Si tu as un message à me transmettre, à mon bureau, on saura comment me joindre.

— Ta *fantastique* secrétaire ?

— Elle-même.

Puis, avant qu'elle ait pu ajouter un mot, il s'éloigna. Les portes automatiques s'ouvrirent, et il se fondit dans la foule du hall des départs.

— Guy ! s'écria-t-elle dans un appel de désespoir.

Mais il était trop tard. Les portes s'étaient déjà refermées sur lui.

Elle s'apprêtait à courir après lui mais elle aperçut un agent de la circulation qui s'approchait de la voiture.

— Vous ne pouvez pas stationner ici, mademoiselle. La fourrière viendra l'enlever.

— Mais…

Mais quoi ?

— C'est bon. Je m'en vais.

Cela valait mieux ainsi sans doute. Que lui aurait-elle dit, de toute façon ?

Je t'aime ?

Après ce qu'il venait de se passer entre eux, c'était bien la dernière des choses à dire.

# 9.

Pour Fran, c'était comme subir un nouveau deuil. Elle prit le
chemin d'Elton Street dans un état second, la gorge nouée, au
bord des larmes.

A peine entrée dans le garage, vaincue par le chagrin et la
culpabilité, elle donna enfin libre cours aux larmes qu'elle n'avait
pu verser pour Steven. Elle comprenait tout maintenant : ce
mariage de convenance n'était destiné qu'à servir les intérêts de
Guy, non les siens.

Bien sûr, il n'était pas question d'argent, mais de pouvoir.
Guy n'avait que Toby pour famille, il était son héritier, celui qui
perpétuerait le nom des Dymoke. Le mariage était le moyen le
plus simple, le plus sûr de l'empêcher, elle, d'épouser un autre
homme et de donner à son fils un autre nom.

Maintenant, elle ne se posait plus de questions quant au contenu
de la lettre qu'avait laissée Steven à son frère. Autant Steven avait
pu être désinvolte dans bien des domaines, autant il lui tenait à
cœur que Toby porte un jour le nom des Dymoke.

Elle comprenait à présent que toutes ces considérations sur les
droits de succession n'avaient été qu'un faux problème, un prétexte
pour mieux endormir sa méfiance. En achetant la maison, Guy
s'assurait qu'elle ne lui échapperait pas et, dans la foulée, il lui
passait la corde au cou, profitant honteusement de sa faiblesse.

Il n'y avait rien d'altruiste dans tout cela. Cet appartement qu'il comptait aménager dans la maison, c'était aussi pour lui. Pour s'introduire dans leur vie… La surveiller et garder un œil sur l'éducation de Toby.

Et quand ils avaient fait l'amour ? Cela aussi avait-il été prémédité ?

Les choses s'étaient déroulées tellement vite. Il y avait d'abord eu ce mariage qui l'avait perturbée, puis la découverte que l'appartement de Guy n'était nullement ce lieu sans âme qu'il lui avait laissé supposer, mais qu'au contraire, il était tout chargé de l'amour d'une femme. Une femme dont la présence était si forte que Francesca avait cru la sentir dans la pièce, presque palpable…

Dans de telles circonstances, malheureuse comme elle l'était, il n'avait pas fallu grand-chose pour que la situation lui échappe. Un simple regard de Guy…


Guy n'avait jamais fait l'amour ainsi. Sans penser, sans se contrôler, sans réfléchir une seconde aux conséquences.

Jamais non plus il n'avait rencontré de passion aussi exaltée chez une partenaire.

Mais ce moment de passion ardente n'excusait rien. Il s'était donné pour mission de veiller sur Francesca, il avait un engagement moral à son égard. Il n'aurait jamais dû en arriver là. Seulement voilà, quand elle avait posé les yeux sur lui, toutes ses belles considérations s'étaient trouvées balayées. Car elle l'avait regardé comme si… comme si…

Mais non ! Guy repoussa impitoyablement les conclusions pleines d'espoir qui venaient de surgir à son esprit. En quoi importait la façon dont elle l'avait regardé ? Rien ne justifiait son attitude envers Francesca. Il avait profité de sa faiblesse. Il l'avait trahie.

Et, qui plus est, il l'avait quittée sans un mot d'excuse, sans une explication. Mais qu'aurait-il pu faire d'autre ? Lui dire la vérité ? Lui avouer son amour ?

Elle lui avait clairement signifié qu'elle ne voulait pas de ses pitoyables excuses. Son seul souhait était de le voir disparaître au plus tôt de sa vie.

Guy croyait savoir ce qu'était la solitude. Il ne faisait que commencer à en mesurer l'immensité...

— Fran ?

Plusieurs heures avaient dû s'écouler lorsque la voix de Matty tira la jeune femme de l'abattement où l'avait plongée le chagrin. Se ressaisissant, elle consulta sa montre. Elle ignorait à quelle heure était le vol de Guy. Sans doute avait-il déjà décollé...

Elle regrettait la façon dont ils s'étaient quittés. Elle aurait dû le laisser exprimer ce qu'il avait voulu dire, même si elle avait dû en souffrir par la suite...

Mais à quoi bon regretter ? Il était trop tard.

Il fallait maintenant qu'elle se tourne vers l'avenir, qu'elle essaie de tirer le meilleur parti de l'entreprise que Steven lui avait laissée. Qu'elle fasse quelque chose de sa vie...

— Fran, que s'est-il passé ? Où est Guy ?

— Il est parti.

— Mais il reviendra ?

— Oui, il reviendra, répondit-elle d'un ton morne.

Elle descendit de voiture et lui montra sans un mot l'alliance toujours solidement fixée à son doigt.

— Mon Dieu ! Qu'as-tu fait ?

Alors, elle lui raconta tout ce qu'elle avait fait, et pourquoi elle l'avait fait. Tout, sans rien cacher. Et quand ce fut terminé, Matty se contenta de la serrer dans ses bras.

*<br>* *

Francesca n'eut guère le loisir, cependant, de trop penser à ce qu'il s'était passé. Elle avait son travail pour l'occuper. Et les coups de téléphone hebdomadaires de la *fantastique* Catherine qui, manifestement, avait pour ordre de s'assurer qu'elle ne manquait de rien… et qu'elle n'était pas partie avec son fils, emportant avec elle l'argent de Guy.

Les semaines passèrent, puis les mois, Noël arriva, et la même Catherine fut chargée de leur faire parvenir à tous des cadeaux.

Puis, avec la fin de l'hiver et l'apparition des premières jonquilles, les coups de téléphone de Catherine prirent en plus un caractère réconfortant. Ils la rassuraient sur le sort de Guy. Au moins Francesca avait-elle la consolation de se dire que, dans ce redoutable pays qui semblait l'avoir englouti, Guy se portait bien…


On était presque à Pâques et Francesca regardait le premier journal télévisé du soir, avec son lot d'images de guerres et de violences en tous genres, quand on sonna à la porte. Elle laissa à Connie le soin de répondre et ne leva la tête que lorsque s'ouvrit la porte du salon.

— Votre femme de ménage a dit que je pouvais entrer…

Comme Francesca ne réagissait pas, la visiteuse ajouta en souriant :

— J'ai peine à croire que nous ne nous soyons jamais rencontrées. J'ai l'impression de vous connaître si bien.

— Catherine ?

Francesca reconnaissait la voix, mais le physique ne correspondait pas à l'idée qu'elle s'en faisait. Catherine était en effet grande, blonde… et assez âgée pour être sa mère.

— Puis-je entrer ?

— Bien sûr, répondit Francesca en se levant pour aller lui serrer la main. Excusez-moi, je… j'étais ailleurs.

— Vous regardiez les actualités, je vois. Pas de très bonnes nouvelles, n'est-ce pas ?

Le cœur de Francesca bondit de frayeur dans sa poitrine.

— C'est pour cela que vous êtes là ? Pour me dire que…

— Non, non, pas du tout ! Je ne voulais pas vous effrayer. Je venais juste vous apporter quelque chose. Ou plutôt, à votre petit garçon. Mais je pensais qu'il serait peut-être bon que vous voyiez d'abord si vous êtes d'accord. Toby est-il dans les parages ?

— Non, il est en bas avec Matty.

— Dans ce cas, je vais chercher le *colis* dans la voiture.

Elle revint un instant plus tard avec un carton qu'elle posa au sol. Quand elle l'ouvrit, la petite tête blanche et fauve d'un jeune épagneul en jaillit.

Francesca sentit les larmes lui monter aux yeux. Peut-être Guy avait-il laissé à Catherine le soin de choisir les cadeaux de Noël, mais celui-ci ne pouvait être que de son initiative. Preuve qu'il pensait à elle… Enfin, à Toby…

— J'ai fait promettre à la responsable du chenil qu'elle le reprendrait si vous n'en vouliez pas. Les hommes ont de ces idées parfois…

— Quand ? Quand Guy vous a-t-il demandé de l'acheter ?

— Oh, il y a longtemps. Je crois bien qu'il m'a téléphoné de l'aéroport pour me le demander, le jour de son départ… Initialement, ce devait être le cadeau de Noël de Toby, mais comme Guy avait des exigences très précises, il a fallu attendre d'avoir exactement le chiot de son choix. Vous le connaissez, ajouta-t-elle avec un haussement d'épaules. Il lui faut toujours la perfection… Il exigeait un chien d'un éleveur qu'il avait choisi. Il devait être blanc et brun, et de sexe masculin.

— Oui, évidemment. Harry…

— Pardon ?

144

— Steven a eu un chiot comme celui-ci quand il était petit, précisa-t-elle. Harry.

— Ah, je comprends… Ecoutez, le chenil le reprendra sans difficulté si cela ne vous enchante pas, dit-elle, jugeant manifestement, d'après sa réserve, qu'elle n'appréciait que modérément le cadeau. Cela ressemble bien aux hommes, des idées pareilles ; mais ce ne sont pas eux qui s'occupent de sortir le chien ou d'aller le promener. J'en parle par expérience…

— Non, il est adorable, murmura Fran, émue, en le caressant. Ah non, tu n'es pas à moi, dit-elle, comme il frétillait d'allégresse et gémissait pour qu'elle le porte. C'est Toby qui aura ton premier câlin.

Et elle replaça le chiot avec soin dans le carton, sous sa couverture, avant de se tourner vers Catherine.

— Vous voulez voir un petit garçon fou de joie ?

Une demi-heure plus tard, face au bonheur mutuel de l'enfant et du chiot, Catherine fit remarquer avec émotion :

— Voilà ce qu'il faudrait à Guy, une famille qu'il retrouverait le soir, en rentrant chez lui. Depuis le temps qu'il travaille sur le terrain… Au fait, l'entrepreneur a-t-il commencé les travaux dans la maison ?

— Non, pas encore, répondit Fran, songeuse. L'architecte doit d'abord obtenir *a posteriori* le permis de construire pour l'agrandissement du bas, ce qui retarde tout le reste.

— Mais pour votre chambre, le décorateur est venu vous voir, j'espère ?

— Oh, oui. Une belle aubaine !

— Il est si doué que cela ?

— Il est très bien, oui, mais ce n'est pas ce que je voulais dire. Le brave homme avait les yeux qui lui sortaient presque de la tête quand il a vu une horrible grenouille en céramique dont je me servais pour maintenir ouverte la porte du garage. Il m'a fait aussitôt une offre pour le lot que j'avais à l'entrepôt. Et quand il est venu en prendre livraison, il est reparti avec un camion entier de lampes tout aussi affreuses. Moi qui pensais devoir payer pour m'en débarrasser…

— A ce propos, comment vont les affaires ? J'ai vu cet article dans le *Courier*, en novembre dernier, qui vantait vos peignoirs. Un beau coup de pub… J'ai d'ailleurs fait la moitié de mes achats de Noël avec un simple coup de téléphone.

— J'ai eu de la chance, admit Francesca. J'avais envoyé un peignoir à la rédactrice en chef. Elle est venue me voir et elle a adoré mes modèles. Elle sort un papier sur moi la semaine prochaine. Cela tombe bien car je viens de recevoir la nouvelle collection d'été ; des modèles plus légers et des pyjamas assortis magnifiques. Je n'aurais pas pu m'offrir une telle publicité.

— Justement, je comptais vous demander si vous aviez des nouveautés. Il y a toujours un anniversaire ou un événement quelconque à fêter…

— Je suis allée en Chine en janvier dernier, et j'ai rencontré le responsable de la coopérative qui fabrique ces produits…

— Toute seule ?

— Il fallait que je m'y rende personnellement.

— Certes, mais dans votre…

— Avez-vous parlé de tout cela à Guy ? l'interrompit Francesca. De mes activités, je veux dire ?

— Ce n'est pas mon rôle, Fran, répondit Catherine d'une voix douce. Je ne suis qu'une messagère.

Ce qui était une façon diplomatique de dire qu'il ne posait jamais de questions à son sujet. Que cela ne l'intéressait pas.

— Voulez-vous que je lui en parle ? ajouta-t-elle.

— Oh non ! répondit la jeune femme un peu trop vite. Il doit avoir bien assez de sujets de préoccupations.

— Dans ce cas, vous ne tenez pas non plus à ce que je lui annonce que vous attendez un bébé, je suppose ?

Guy s'essuya le front d'un revers de manche, alluma son ordinateur et consulta sa messagerie électronique pour voir s'il avait du courrier du bureau. Un message de Tom Palmer avec une pièce jointe lui sauta aux yeux. Il l'ouvrit d'une main fébrile, le souffle suspendu. Mais il ne s'agissait pas de la demande d'annulation de mariage qu'il redoutait depuis des mois.

C'était un article sur Francesca dans le *Courier*. Un article évoquant le vif succès que remportait sa toute nouvelle entreprise de commerce en ligne. Il lui sembla entendre la délicieuse voix de Francesca en lisant les propos qu'elle y tenait. Et avec quel bonheur il contempla la photo d'illustration !

L'objectif du photographe l'avait surprise, tournoyant dans un ample peignoir de soie, la tête en arrière, radieuse.

Elle avait repris le poids qu'elle avait perdu, et ses cheveux étaient un peu plus foncés. Elle ressemblait en tout point à la jeune femme dont il était tombé fou amoureux, la première fois…

Enfin, pas tout à fait. A l'époque, sa grossesse ne se remarquait pas ; alors que maintenant, bien que masquée par l'ampleur du peignoir, il voyait qu'elle était bien avancée. D'ailleurs, il en connaissait précisément le stade. Il savait combien de mois, de jours, d'heures s'étaient écoulés depuis qu'il lui avait fait l'amour, lui donnant l'enfant qu'elle portait.

Depuis qu'il l'avait quittée, il ne cessait de lutter contre l'envie d'aller la retrouver. Plus précisément depuis qu'il avait compris, dans les propos à demi voilés de Catherine, qu'elle attendait un enfant. Mais à présent, il fallait qu'il rentre, qu'il soit à ses côtés, qu'il la soutienne, non plus juste financièrement, mais affectivement. Il refusait d'entendre cette petite voix dans sa tête qui lui disait qu'elle ne voudrait pas de lui. Elle avait besoin de lui, et tant pis s'il devait essuyer ses reproches et sa colère. Et cette fois, rien ne le retiendrait de lui dévoiler ses sentiments, de tout lui raconter du début à la fin. De le lui dire, le lui redire jusqu'à ce qu'elle le croie !

— Fran, tu regardes les actualités ?

Il était tard et Francesca avait décroché le téléphone de façon automatique, perdue qu'elle était dans ses réflexions.

— Ah, Matty… Non, je me demandais si oui ou non j'allais me décider à élargir ma gamme de produits. On m'a proposé des bougies parfumées qui…

— Francesca ! On parle de Guy à la télévision, il…

Fran n'entendit pas la suite. Elle lâcha le téléphone pour se précipiter sur le boîtier de télécommande et fit défiler rapidement les différentes chaînes jusqu'à tomber sur celle qui diffusait les actualités.

« … l'inquiétude grandit sur le sort de notre compatriote géologue porté disparu. On sait en effet qu'il a quitté le camp avec l'intention de se rendre dans la capitale, la semaine dernière, mais n'y est jamais parvenu. Des groupes de rebelles isolés récemment repérés dans la zone avaient déjà pris en otage des ressortissants étrangers par le passé et les avaient utilisés comme moyen de pression sur le gouvernement. Ni le Foreign Office ni la société qui emploie M. Dymoke n'ont souhaité faire de commentaires sur l'éventuelle existence de telles revendications… »

La sonnette de l'entrée retentit. Le long coup impérieux précipita Francesca vers la porte. C'était Catherine.

— Que se passe-t-il ? s'écria Francesca.

— J'ai essayé de vous joindre avant que vous appreniez la nouvelle par…

— Catherine ! Que se passe-t-il ?

— Je ne sais pas vraiment. Il ne devait pas rentrer avant six semaines, mais il m'a envoyé un mail en urgence pour me demander de lui réserver un vol, et apparemment il a quitté le camp juste après. Il n'est jamais arrivé…

Fran se laissa choir sur la dernière marche de l'escalier.

— Je l'avais supplié de ne pas partir.

Catherine s'assit près d'elle et l'entoura de son bras.

— Il ne lui arrivera rien. Guy est solide comme un roc.

— Mais il n'est pas à l'épreuve des balles.

— Mort, il ne serait d'utilité à personne, Fran. S'il est aux mains des rebelles, ils chercheront à négocier sa libération.

— Et cela prendra combien de temps ? Des mois ? Des années ? Pourquoi est-il allé là-bas risquer sa vie ? Je regrette de ne pas lui avoir dit pour le bébé. Je regrette de ne pas lui avoir dit que je l'aime… J'aurais dû lui dire que je l'aime, ajouta-t-elle, en se tournant vers Catherine, l'air désespéré.

Le bruit de l'ascenseur intérieur annonça l'arrivée de Matty. Son regard alla de l'une à l'autre.

— Je vais préparer du thé, déclara-t-elle d'autorité.

— Du thé ? Apporte-nous plutôt ta bouteille de whisky !

— Crois-tu que ce soit bien indiqué de…

La sonnerie du téléphone l'interrompit.

Francesca bondit pour répondre.

— Oui ?

— Francesca…

— Guy !

Elle l'entendait à peine, sa voix était lointaine, trop déformée pour être reconnaissable. Mais c'était lui. Personne d'autre ne l'appelait Francesca. Ce fut l'unique mot qui lui parvint dans son intégralité. La ligne était si mauvaise que le reste se résumait à des bribes inintelligibles. Elle crut percevoir entre autres : « Ça va… rentrer… » Ces incertitudes la mettaient à la torture. N'y tenant plus, elle lui coupa la parole :

— Guy, je ne comprends rien à ce que tu racontes ! Alors, ne te fatigue pas à parler et rentre ! Tout de suite ! Tu entends ?

Puis, plus rien. Juste un grésillement et puis le silence sur la ligne. Avait-il raccroché ? se demanda-t-elle, fixant le combiné, horrifiée.

— C'était Guy ? Comment va-t-il ? questionna Matty. Que t'a-t-il dit ? Où est-il ?

— Il m'a appelée... moi...

— Qui d'autre vouliez-vous qu'il appelle ? murmura Catherine avec un grand sourire.

— C'est insensé. Il m'a appelée et je l'ai houspillé. Mon Dieu... J'allais lui dire que je l'aime...

Pendant plusieurs jours, Francesca refusa de sortir et resta collée à la télévision. Elle n'était jamais loin d'un téléphone, bondissant dès qu'il sonnait. Des nouvelles, il y en avait, mais la plupart étaient vagues, contradictoires. Certaines le disaient prisonnier. D'autres prétendaient qu'on ne l'avait pas enlevé et qu'il était simplement perdu quelque part. D'autres soutenaient qu'il avait été exécuté...

Sa seule raison d'espérer, c'était sa voix entendue au téléphone comme dans un rêve, le prénom qu'il avait prononcé...

— Fran ? Nous partons, dit Connie. Ça va ? Je peux te laisser ?

— Vous partez ?

— Toby a un goûter d'anniversaire chez son ami.

— Ah, oui... J'avais oublié, murmura-t-elle, s'arrachant au poste de télévision. As-tu de l'argent pour le taxi ? Un petit cadeau ?

Francesca regarda longuement son fils et le revit, sautant au cou de Guy.

Ce cauchemar qu'elle vivait était-il bien réel ? Allait-il bientôt prendre fin ?

*
**

Une semaine après le baptême de Stéphanie Joy Dymoke, son père et sa mère se juraient solennellement amour et fidélité jusqu'à ce que la mort les sépare.

Matty, son fauteuil roulant décoré de rubans blancs, tenait sa petite filleule dans les bras pendant le service.

On avait confié pour mission à Toby de porter les alliances, ce dont il s'acquittait fièrement.

Connie pleurait comme une madeleine et racontait à qui voulait l'entendre que Francesca était la femme la plus gentille, la plus extraordinaire de la terre.

A la fin du repas, Guy prit la main de sa jeune épouse et fit un premier tour de la piste de danse avec elle sous les acclamations de tous les invités.

— Te rends-tu compte que c'est la première fois que nous dansons ensemble ? fit remarquer Francesca.

— Et nous avons encore de nombreuses « première fois » à découvrir ! Notre première lune de miel…

— On ne peut avoir qu'une seule lune de miel !

— Certes, mais une fois que l'on a pris goût à la première, on peut en vivre des fausses à l'infini…

Elle rit puis renchérit à son tour :

— Nos premières vacances en famille !

— Au bord de la mer. Avec baignades, châteaux de sable, balades à pédalo…

— Toby va adorer. Et notre premier Noël ensemble ! Décorer l'arbre de Noël, acheter des cadeaux…

— La première rentrée des classes de Toby…

— Et sans qu'on ait vu le temps passer, il nous fera sa première crise d'adolescence…

— … puis nous donnera notre premier petit-fils ou petite-fille…

— Halte-là ! s'exclama-t-elle en riant. Je n'ai pas franchement envie de me projeter plus loin.

Guy s'arrêta et la regarda d'un air sérieux soudain.

— Tu sais que je t'aime tant que c'en est presque un tourment, Francesca Lang ?

Elle le savait, et elle-même lui avait dit mille fois, lui avait montré de mille manières à quel point elle l'aimait elle aussi. De mille manières... sauf une. Et c'était le moment de le faire.

— Pas Lang, Dymoke. Je veux que tout le monde sache que je suis ta femme. Dorénavant, je suis Mme Guy Dymoke, énonça-t-elle solennellement.

Puis, juste pour s'assurer que chacun avait compris le message, elle noua les bras autour de son cou et l'embrassa avec passion.

## Le nouveau visage de la collection Or

◆

## AMOURS D'AUJOURD'HUI

Afin de mieux exprimer sa modernité et de vous séduire encore davantage, votre collection Or a changé de couverture et de nom depuis le 1er mars 1995.

Rassurez-vous, les romans, eux, ne changent pas, et vous pourrez retrouver dans la collection **Amours d'Aujourd'hui** tous vos auteurs préférés.

Comme chaque mois, en effet, vous y attendent des héros d'aujourd'hui, aux prises avec des passions fortes et des situations difficiles...

**COLLECTION
AMOURS D'AUJOURD'HUI :**
Quand l'amour guérit des blessures de la vie...

Chère lectrice,

Vous nous êtes fidèle depuis longtemps?
Vous venez de faire notre connaissance?

C'est pour votre plaisir que nous avons
imaginé un rendez-vous chaque mois
avec vos auteurs préférés, vos
AUTEURS VEDETTE dans les
collections Azur et Horizon.

Les AUTEURS VEDETTE vous
donneront rendez-vous pour de
nouveaux livres vedette.

Pour les reconnaître, cherchez
l'étoile ... Elle vous guidera!

Éditions Harlequin

AUT-R-R

**HARLEQUIN**

*LE FORUM DES LECTEURS ET LECTRICES*

CHERS(ES) LECTEURS ET LECTRICES,

VOUS NOUS ETES FIDÈLES DEPUIS LONGTEMPS?

VOUS VENEZ DE FAIRE NOTRE CONNAISSANCE?

SI VOUS AVEZ DES COMMENTAIRES, DES CRITIQUES À
FORMULER, DES SUGGESTIONS À OFFRIR, N'HÉSITEZ
PAS… ÉCRIVEZ-NOUS À:

      LES ENTERPRISES HARLEQUIN LTÉE.
      498 RUE ODILE
      FABREVILLE, LAVAL, QUÉBEC.
      H7R 5X1

C'EST AVEC VOS PRÉCIEUX COMMENTAIRES QUE NOUS
ALLONS POUVOIR MIEUX VOUS SERVIR.

DE PLUS, SI VOUS DÉSIREZ RECEVOIR UNE OU
PLUSIEURS DE VOS SÉRIES HARLEQUIN PRÉFÉRÉE(S)
À VOTRE DOMICILE, NE TARDEZ PAS À CONTACTER LE
SERVICE D'ABONNEMENT; EN APPELANT AU
(514) 875-4444 (RÉGION DE MONTRÉAL) OU 1-800-667-4444
(EXTÉRIEUR DE MONTRÉAL) OU TÉLÉCOPIEUR
(514) 523-4444 OU COURRIER ELECTRONIQUE:
AQCOURRIER@ABONNEMENT.QC.CA OU EN ÉCRIVANT À:

      ABONNEMENT QUÉBEC
      525 RUE LOUIS-PASTEUR
      BOUCHERVILLE, QUÉBEC
      J4B 8E7

MERCI, À L'AVANCE, DE VOTRE COOPÉRATION.

BONNE LECTURE.

HARLEQUIN.

*VOTRE PASSEPORT POUR LE MONDE DE L'AMOUR.*

# ROUGE PASSION

**De fiévreuses histoires d'amour sensuelles!**

De provocantes histoires d'amour passionnées et romantiques qu'on lit d'une seule traite. Aventureuses, parfois humoristiques, et sensuelles, elles mettent en vedette des hommes et des femmes d'aujourd'hui.

**ROUGE PASSION...
trois nouveaux titres
chaque mois.**

GEN-RP-R

# <u>COLLECTION</u><br><u>HORIZON</u>

**Des histoires d'amour romantiques qui vous mènent au bout du monde!**

**Découvrez la passion et les vives émotions qu'apportent à la Collection Horizon des auteurs de renommée internationale!**

**Captivantes, voire irrésistibles, ces histoires d'amour vous iront assurément droit au coeur.**

**Surveillez nos trois nouveaux titres chaque mois!**

GEN-H-R

# ◁ HARLEQUIN ▷

## Lisez Rouge Passion pour rencontrer L'HOMME DU MOIS!

Chaque mois, vous rencontrerez un homme **très sexy** dans la série Rouge Passion.

On peut distinguer les livres L'HOMME DU MOIS parce qu'il y a un très bel homme sur la couverture! Et dedans, vous trouverez des histoires écrites selon le point de vue de l'homme et de la femme.

Les livres L'HOMME DU MOIS sont écrits par les plus célèbres auteurs de Harlequin!

**Laissez-vous tenter avec L'HOMME DU MOIS par une histoire d'amour sensuelle et provocante. Une histoire chaque mois disponible en août là où les romans Harlequin sont en vente!**

RP-HOM-R

# HARLEQUIN

## COLLECTION
## ROUGE PASSION

- Des héroïnes émancipées.
- Des héros qui savent aimer.
- Des situations modernes et réalistes.
- Des histoires d'amour sensuelles et provocantes.

**LAISSEZ-VOUS TENTER**
par 3 titres irrésistibles
chaque mois.

RP-1-R

69 L'ASTROLOGIE EN DIRECT
TOUT AU LONG
DE L'ANNÉE.

(France métropolitaine uniquement)

**Par téléphone 08.92.68.41.01**

0,34 € la minute (Serveur SCESI).

Composé et édité par les
*éditions* Harlequin
Achevé d'imprimer en juin 2005

BUSSIÈRE
GROUPE CPI

à Saint-Amand-Montrond (Cher)
Dépôt légal : juillet 2005
N° d'imprimeur : 51381 — N° d'éditeur : 11376